百年中国记忆
系列丛书

总策划、主编
刘未鸣

副主编
唐柳成　张剑荆　段　敏

西北远征记

宣侠父小说诗歌选

宣侠父 著

百年中国记忆·先烈经典文丛

中国文史出版社

图书在版编目（CIP）数据

西北远征记：宣侠父小说诗歌选 / 宣侠父著 . -- 北京：中国文史出版社，2020.11
（百年中国记忆 . 先烈经典文丛）
ISBN 978-7-5205-2459-9

Ⅰ . ① 西… Ⅱ . ① 宣… Ⅲ . ① 小说集—中国—现代 ② 诗集—中国—现代 Ⅳ . ① I216.2

中国版本图书馆 CIP 数据核字（2020）第 211794 号

责任编辑：秦千里

出版发行：中国文史出版社
社　　址：北京市海淀区西八里庄路 69 号院　邮编：100142
电　　话：010-81136606　81136602　81136603（发行部）
传　　真：010-81136655
印　　装：北京朝阳印刷厂有限责任公司
经　　销：全国新华书店
开　　本：16 开
印　　张：13.75
字　　数：172 千字
版　　次：2021 年 1 月北京第 1 版
印　　次：2021 年 1 月第 1 次印刷
定　　价：45.00 元

编者说明

宣侠父（1899—1938），革命烈士，中国共产党在白区隐蔽战线的杰出政治活动家。浙江诸暨人。1916 年考入浙江省立特种水产学院，1920 年夏公费留学日本。1922 年因参与组织反日活动，被日本政府驱逐回国。1923 年在杭州加入社会主义青年团，不久，转为中国共产党员。1924 年入读黄埔军校第一期，因与校长蒋介石不睦而离校。1925 年春，受李大钊派遣，到冯玉祥的国民军开展工作。1927 年 5 月，随冯玉祥出潼关，领中将衔。1928 年 8 月，回到家乡诸暨开展农民运动。1929 年，进入国民革命军梁冠英部，担任南京国民政府军事参议院参议。1932 年秋，到张家口支持冯玉祥建立察哈尔民众抗日同盟军”。1934 年夏，奉调到上海参加中共中央特科的工作。1935 年，推动了李济深、陈铭枢、蒋光鼐、蔡廷锴等组织反蒋抗日的“中华民族革命同盟”。1936 年 6 月，李宗仁等人发动“两广事变”后，宣侠父任国民革命军第十九路军政治部主任。西安事变后，到西安红军联络处任职。

1937 年 9 月，宣侠父被任命为八路军高级参议。10 月，被派驻西安，在国民党高级将领中从事统战工作。他团结陕西籍名人，动员许多青年赴延安，安排丁玲等人在西安从事抗日民族统一战线工作。宣侠父善于辞令，动员能力极强，冯玉祥曾赞叹：“宣侠父一张嘴顶得上二百门大炮。”这令国民政府军事委员会委员长西安行营主任蒋鼎文深感不安，他劝宣侠父赴法国留学，但被拒绝。蒋鼎文乃借军统之手将他秘密绑架杀害。

《西北远征记》是宣侠父在冯玉祥的西北国民军工作和战斗两年多的忠实记录。作品描述了西北大地上风云激荡、波澜壮阔的大革命浪潮，思考和总结了大革命失败的经验教训。既有惊心动魄的密谋，也有慷慨悲壮的牺牲；既有枪林弹雨的搏杀，也有对祖国大好河山的赞美与抒怀。书稿于1930年春完成并辗转送达上海，复旦大学教授陈望道认为作品内容新颖、风格独特，推荐给上海北新书局。北新书局编辑部认为文笔生动、秀丽、犀利、诙谐，将书名改为《西北远征记》出版。1982年，全国政协文史资料出版社（即今中国文史出版社）再版。诚如有的论者所言，由于年代久远、史料阙如，烈士本人长期在隐蔽战线工作，史学界和文学界对宣侠父烈士的关注和评价落伍于他对中国革命和新文学运动的付出和贡献。这是一部长期被忽略和冷落，具有史学价值和文学价值的自传体文学专著。

本书还收录了宣侠父部分诗作，或豪放或婉约，可见其对人民苦难的悲悯、对革命的热情和飞扬的乐观主义精神。

目　录

西北远征记

诗　词

西北远征记

自 序

《灰梦》不仅仅是我独有的梦境，有许多时代的游魂，都曾做过这个梦。到如今，梦中的一草一木，也变成感慨的材料了。

重新来翻翻旧日的账簿，看到许多自诩聪明的地方，使我自己也感觉肉麻。当然的，不只我一个人，以为这样是推动历史的工作！这是当时一种瘟疫样的成见，支配着全中国革命初期革命者的行动，现在大约都在打自己的嘴巴了。

汉皋大雪纷飞，我呵冻起草这册稿子，树栋督促着我，并且不嫌麻烦地给我在旁誊写，每天总是写到寒鸡高鸣，才搁笔就寝，这是使我不胜感激的，在此特致谢意！

1930 年 2 月 10 日　今秋

塞外的初梦

过去的一切，和月移花影的一样，静悄悄无有痕迹，只有在追忆中迷离恍惚去寻求。追忆是人类一种深癖，有追忆于是乎有历史，于是乎是非大兴。我想人类如果都能健忘，把昨天、前月、去年、当时、昔者等等的旧账，扫数一笔勾销，这样纵不能风调雨顺，也可以天下太平些，但是人类对于自己的历史，终于过分的重视，牢牢地抓住过去的账簿，丝毫不肯放松，甚至于旁人视为平常的事迹，而他自己却当作惊天动地的奇举。我记得有一天，在华阴城中，明月照在县署的西院，我和几位朋友，静听马福祥将军喘吁地背诵一生的历史，这时他因为宁夏的家眷，都被马仲英掳去，房屋也此付之一炬，悲愤成病，还未全愈；但是他这时为叙述自身的经历起见，却娓娓不倦将病魔充军到无何有之乡。所以我说："追忆终于是人类的深癖。"就是最精彩的一段，是叙述他在庚子年銮驾西行，给西太后扶轿事实，细密的描写，使我们有读着却而司迭更司的小说的感想。凡西太后的鞋式鞋尖以及鞋底，都在夹写分写的言词中形容出来，尤其是说到太后温言慰问时，在月光中，我看到他几乎感激得要老泪纵横了。其实给一个老妪扶轿，总不能说是奇事，或者竟是一种羞耻；但是因为这坐轿的老妪，是要称为太后，所以扶轿就会变成一种恩典，而且是一种荣誉，不过我想从恩泽方面而言，扶轿的人，终究给我来叙述他的"扛轿小史"，我想一定是更会动听的。至于我所要叙述的事实，当然还没有扶轿小史的精彩，但是追忆终究是人类的深癖，所以我仍是写着这塞外浪迹的一页。

1925 年的初夏，红日和去年一样，烘得北京城灰尘涨天。段歪鼻子还是在铁狮子胡同九重高拱着；不过所谓执政府，除是在翌年 3 月 18 日屠杀革命民众，发挥无上威力以外，“高拱”二字，真是恰当的形容词，政权有两个中心，一个是在沈阳，一个在张家口，段祺瑞左右为难的情形，不及他自己的鼻子，有左右偏歪的自由，所以铁狮子的实际，却是一个纸老虎。

黄河流域本是封建势力历史的重心，由蒲坂，平阳，安邑，亳州，镐京，洛阳，咸阳，长安，许昌，汴梁而数到北京，星罗棋布的，留着统治者的残垒。这好像是对于民主主义严肃的威胁；但是黄河虽然依旧无言的流着，革命的暖流，却已经由南海北进，而冲击渤海的东岸，跟着中山先生的北上，而更加激荡，封建势力的庄严宝塔，恰如在剧烈的地震中，不断动摇着。

这种局势，使冯玉祥逐渐了解革命的力量和胜利，于是他开始想做接受三民主义的试验。在当时的冯氏还是全球驰名、中国独步的基督将军，对于革命的态度，颜色灰黯，乃是当然的事实，虽然他对于三民主义，也有浅薄的了解，但是在这时，如果有人，竟希望冯氏为主义来奋斗，这只可说是一种童呆之见。他只是在基督教义的菜羹上，想撒上一点三民主义的“味之素”罢了。

冯氏愿意接近国民党的动机，钦迟中山先生的人格，是其有力的燃料。此外如“只坐汽车，不坐洋车”的吴稚晖，“在火车中自缀衣钮”的徐季龙，都是他所心折的人物。他因为疾恶北京官僚的堕落，同时他所钦佩的人都是国民党员，于是他对于国民党发生良好的印象。在 3 月间，他对吴、徐等表示愿意国民党派人到他的军队内去宣传三民主义，于是我和几位朋友，受命西行。但是当时冯为顾虑他的盟兄雨亭大帅的监视，迟迟不敢叫我们启行，所以我们只好暂做北京的寓公。扭扭捏捏的政治态度，是冯氏的特性，直到现在，还是如此。我们这样把韶光消磨在旅舍中，前后凡两个月。

霹雳一声，五卅惨案爆发，中国民众，从血花里昂起头来，走上革命的道路，全国的视线，都凝注在春申江上。在这样喧阗扰攘的政潮中，忽然接到冯氏来电，欢迎我们西去，于是我和另一位同志陶君，即日起程，开始这塞外浪迹的生涯。

夕阳染红了西直门车站，暮霭冷清地停滞在近郭的村落。七点多钟，我们的车箱，渐渐向西移动，接着一声狂喊，向暮色苍茫中飞奔前进。宇宙的一切，缓缓地收藏到黑暗里去。我在车窗中，才完了晚眺的功课，思绪和潮一样的纷纷杂起，我觉得这使命的重大，我们如果失败，不啻给后来的同志一个闭门羹，最少也使他们增加不少的困难。跟着这个情绪，又起了许多幻想，有时预想将来工作的顺利，并设想官兵热烈地信仰主义的种种情形，不觉喜上心头，独自微笑；有时设想官兵对于主义反感的情形，或者甚至于隔窗笑骂，以及耶教牧师因嫉妒而用阴险手段对付我们，又不觉皱眉不乐。这样由乐观而悲观，又由悲观而入于乐观的幻境，递回环绕，驱之不去，脑力渐觉疲乏，车轮单调的震动，使此种情绪逐渐入于模糊，而终止于睡乡。

火车带着千千万万的客梦，出了居庸关。在黑暗中，天险奇隘，不能给任何旅客以何种感想。夜二时，车抵张家口，在夜色深沉中，冷清清的车站，只有三五疏落的路灯，闪耀着无力的光芒，所有张家口的一切景象，都躲藏在黑暗的幕后，我们依赖一位旅馆的招待，将行李搬进一个山西人所开的旅馆，预备挨过这所剩无多的残夜；至于这旅馆的招牌是怎样写着，在我的记忆中，已经没有留着痕迹，因为它不是阔老做窠的六国饭店。

在土炕上，转侧着，转侧着，和秋潮一样的思绪，乱涌心头。计算着明天应付的词令，推测着明天所得结果，以及计划将来工作的进行，种种切切，和乱麻一样蓬勃而起，我用尽方法想求一刻宁静，但是睡魔却益加遁逃无影。在隔床听到陶君的转侧声，我知道他和我陷入同样的苦境里。

朦胧中张开眼来，朝暾已经在照墙上映着，我们起来，胡乱吃了早餐，就坐车至新村去见冯氏。在摇荡的人力车中，我们认识了张家口局部的街市，这街市具备了北方城市的普通条件，牛马粪照例是道路上的点缀品。我和陶君无言默默地依赖车夫的两腿去接近新村，彼此的精神都很紧张，仿佛是战士第一天上火线去一样。

在市西山坡上，围墙所圈住的，就是所谓新村。荷枪的卫兵态度严肃地站在门口，有时略略走动着，抚弄着手中西北军所特有的大刀，日光映照在刀上，闪闪刺目，更显出门禁的森严。我们上去向他们值班的官长说明来意，他在约略盘问之后，就领我们到招待处去。

招待处是一座清洁的西北平房，石榴花静静的在门前红着，我们进去时，只见老的，少的，胖的，瘦的，候见的人挤满一室，不言而喻，都是为图谋一亲颜色而来的。这时就有位副官，上来向我们问讯，我们约略说明来意，并出名刺请传达，他很和气地请我们坐在靠窗仅有的空位上，拿了名刺，匆匆地出屋去了。

会客时间，规定是上午九点钟到十一点钟，听说冯氏从前会客的时间，规定是上午四点钟到六点钟，这也是冯氏疾恶官僚的滑稽表现，因为从四点钟到六点钟，无论在夏天与否，正是一般官僚被窝中的黄金时代，所以这个规定的会客时间，不啻挂着牌示说："官僚止步"，可是现在却总算可以通融了。在就坐的几分钟后，有一位传令员高举着两个名刺说："督办请！"我和陶君见是我们的名刺，就立起跟他出室，这许多权门之客，尤其是久候未见的人，都目送着我们出门，在目光中，微微泄漏出惊奇我们竟能尽先传见的神色。

一个人在新的境遇的前面，多少是要含着迷茫的情意的，我们当时，不自主地跟着传令员出了招待处，向右转弯，一所大厦呈现在眼前，门口挂着一块木牌，写着“讲堂”二字，我们进了讲堂，静悄悄地只见一个身躯高大的徒手兵士在里面徘徊着，四壁响着我们足步的回声。讲堂的左边，有一间侧室，传令员将门帘一揭，默示着请我们进去的意思，我们就跨进门去，知道这是冯氏的会客室了。

室内的陈设非常简单，但是非常洁净，我们相对的默坐着，精神异常兴奋，恰似严阵以待的样子。忽然传令员将门窗高高揭起，我们知道黄河流域的人物，北方政治的支配者，顷刻间就会在我们面前呈现了，我和陶君不约而同的严肃地起立期待着。

从门帘下，突然呈现着微笑的巨面，真使我非常奇异，我不信我们所企图晋谒的人物，竟就是刚才在讲堂中徘徊着身躯异常高大的兵士，他很从容地跨入客室，伸手和我们握手为礼。

在就坐以后，他开始叙述客套：“两位肯到这里来工作，兄弟是万分欢迎的。”我们都微笑着将身子抬了一抬，表示愧不敢当的意思，在这一次见面，我们都不愿多说废话，以免给他以不良的感觉，所以这样全室就沉寂了半晌。后来，他接着问：“两位的行李，还在旅馆里吗？”我们说：“是的。”他继续说：“搬到这里来罢，住在外面，我们谈话很不方便的。”停了一停，又说：“今天就搬，好不好？”我们说：“很好，很好。”这样又归于静寂了，在静寂中，我们都搜集着最得体最适当的话头，引到主义方面和工作方面去；但是在我们未说话以前，他又开始着重地说：“近来我也常常研究三民主义，知道的确是救国救民的主义。”我当时接着说：“而且是唯一的救国救民的主义，只要多数人真能够了解三民主义，革命是一定会成功的。”陶君说：“在北京时，听说督办抱病给兵士讲演三民主义，这种精神，真要叫人佩服。”他微微地一笑，就正色的说：“但是光靠我一个人去说，能有多少人听得着？况且军事上的事务太多了；那末，我们现在怎样进行呢？”他说着，注视我们的面部，等待我们答复。我当时回答他说：“我们的意思，最好先办一所俱乐部，官兵们轮流着到俱乐部里来玩，在游玩的时间中，给他们短时间的讲一点主义，或许比纯粹严肃的讲堂形式的讲演，容易灌输些。”他一边点首，一边说：“很好，这样很好，那末我们决计就这样办。”我们这时觉得第一步的任务，已经圆满地达到了，而且想到招待处里，挤着满堂的客人，更不能不起立告辞。我说：“这样，以后听督办的后命好了，我们暂时回去。”他巍巍地跟着起立说：“也好，以后谈话的机会，反正多着，”接着他伸手和我们握了一握，回头用命令的口吻对传令员说：“你领着他们两位到里面去玩玩，对冯旅长说，给他两位找个房子，住在里面，一切都由他负责，听清楚没有？”传令员很严重的复诵了一遍，我们就对他鞠了一躬，跟着传令员出了讲堂，去遍游新村的前后。

所谓新村，当然不是和武者小路氏的有同样意义的，十五座的西式小平房，拱卫着一座大讲堂，和一个大饭厅，这不过是冯氏的行署罢了。里面办着一个高级军官补习所，学员都是现在的团长和营长中挑选出来的，占了新村西边一带的房子，此外基督教西北协会和牧师们也占了不少的房子，冯氏长子鸿国和他的业师王瑚，住在招待处靠北的小平房内，冯氏自己住在大讲堂的南侧室，西部是一个操场，建设着平台、杠子、天桥等物，是给高级军官补习所的学员和新村的卫兵练习用的。这所述的一切，可以说是我们当时跟着那传令员，游玩时所得的新村调查记。

新村中的各处游览遍了，那位传令员领着我们去见冯治安。在十五年前，他是一个伙夫。可是现在却是西北边防督办署的卫队旅旅长了。他因兼任着高级军官补习所的所长，所以也住在新村里面的。

当我们进去的时候，他含笑起立让坐，眉目间隐露着精悍的气概。传令员传达了冯氏的命令以后，他立刻命他的传令兵，到旅馆里去给我们搬取行李，同时又给我们在新村内寻找住所。

我们住在五号小平屋中，共是三间房子，不过侧室中尚有一位从他处来此的牧师住着。冯治安派了一个学兵，到我们这里来服务，此外所有床椅桌凳，也都次第设置就绪，在这样琐碎的叙述中，我们草创了这为时代而努力的鸟巢。

从建筑这虚有其名的新村，而实际却是一所签押房的事件中，来认识冯氏的生平，这完全是一致的。当他命令他的工兵，在张家口西部的山中炸毁岩石来做造屋材料的时候，当他督率他的兵士，自己盖造这新的房屋的时候，他心中本来没有怎样来试办武者小路氏的新村的计算，而且进一步说，甚至没有了解怎样才是比较有意义的新村的诚意。当他将这部分的房屋定名为新村的时候，所起的感想，和他的客室中，添置了一个赝鼎的宋窑花瓶的感想是一样的；他生平除了自己以外，没有绝对信仰的人物，也没有绝对信仰的思想，所以孔、孟、关、岳、曾、胡、耶稣、列宁、甘地以及孙中山先生，虽然都可说占据了他的整个信仰的一部，而中心的车轴，却是他自己，这也可说就是冯氏的伟大。本来从近代式城市的天津，到中世纪城市的西安的经济背景中，这样包罗古今的角色是容易出现的，这就所谓是鞭策一切的英雄。所以武者小路氏，如果有兴致到敝国来参观唯一的新村以资参考的时候，当他看到大门口卫兵明晃晃的大刀的一刹那间，他一定会觉得自己的渺小，而辟易百步的。

天地间有许多未来的事情，是不用占卜，而可以预先知道的。我们这次到张家口来，早晚是要和基督教牧师起一种斗争，这是很明白的事情，无论冯氏本身，或许有溶化基督教义和三民主义于一炉的感想，但是信仰的不可入性，将他所有的感情，是切实否认了。可是在当时，我们是远来的客军，而敌人方面，却有其历史和组织的坚固阵地，在这种强弱分明的情势之下，不但不允许取挑战的攻势，就是防御上的应付，稍有差池，也容易遭失败的厄运的，关于这个问题，我们在北京时，已经有个相当的讨论，对于基督教以取“置之不论，不反对，也不赞成”的态度为原则；但是实际上真要取这种态度，是十分困难的事情。

第二天的上午，冯氏检阅第七混成旅的队伍，命一位副官来请我们参观，地点就在新村西部的操场上，这次检阅，并没有举行分列式。我们到场上的时候，他已在按名考验士兵的学科，对我们微微颔首。我们就站在他的旁边，看他逐名考验下去。他对士兵的态度，是严肃中带着一种慈祥的颜色。当一个士兵对于他所考验的问题完全不能答复时，他就用很严厉的态度，斥责他的官长，而对于士兵，却只温言劝他用功；他这样耐烦的考查，一直继续到五六小时，我们的两腿，已经觉得非常酸麻了，而他的精神，却更觉奕奕增长，我不觉暗自纳罕。到了十二时半，检阅完毕，他回头对我们说：“你两位看得怎么样？”在他沉着的声浪中，隐隐显出傲岸的意思。

下午三时左右，我和陶君正在整理案上的书籍，曾经在招待处见面的牧师徐香圃，忽然从容地走进门来，我们勉强地表示欢迎的态度，迎将上去。他微笑的面容，眉尖眼角，暴露出一种阴险的傲慢，在未就坐之前，突然对我们说：“请你两位归教罢！”这样的一种急进的袭击，真是出于我们意料之外的。当我正在搜索适当的答复时，我的朋友陶君却笑着回答说：“很好，基督教我们也是信仰的，不过我们对于教义，尚无研究。等到我们研究有相当了解时，就请徐先生介绍。”我对于陶君这样迅速而巧妙的防御战术，未免暗暗心折，那位牧师听到这篇答词，也只好说：“也好，这里有两册圣经，送给你两位看。”我们装出很欢迎的样子向他道谢，并且将那本书拿在手里随意翻阅着，表示急于求知的意思，一直到他回去，我们相对笑了一笑，不约而同地将那本新旧约向书夹内一插，使它消受永远的清福。

我们吃饭是在一个大饭厅中，和高级军官补习所学员同吃，冯氏自己也按时驾临大嚼。座次并无一定，寻常我和冯氏、冯治安总是同桌。每桌八人，但许多学员因习惯回避冯氏，所以我们这一桌总是比较空些。有一天，冯治安因事留在卫队旅旅部，吃饭号吹了，冯氏先已入座等候，学员们都回避着挤在别桌上，使他宣告了独立。我因后到，即就近门的桌上入坐。忽然冯氏含笑向我说："黄先生，他们都讨嫌我，难道你也讨嫌我吗？来！这里宽空着啊！"我这时也不觉失笑了，就离座到冯氏坐的桌上去共食。

有一天，我们的菜蔬有点不良的气味，不满意的声浪，蚊声似的起于座间，如果在普通学校里，闹饭厅这一幕的趣剧，是一定要开演了。冯氏似乎有所察觉，忽然含笑大声说："咳！这些馒头，为什么做得这样好，是我们伙夫做的吗？"说着，看着学员，又看着冯治安，冯治安起立说："是！"全厅的空气，却归于静寂了。他又含笑向学员们说："你们算谁吃得最多？我想T团长，你这么高的架子，一定能吃得很多。"学员们听了，都不禁笑着，看着T团长。T团长起立带笑而仍拘束地说："我吃得不算多，W营长一气能吃六个。"这样，全厅都起了一阵笑声，冯氏也汩汩地笑着说："吃六个，其实也不算多，从前的时候，谁呀？一气能吃十个，哈！哈！"大家也都跟着一笑，他接着把头一低，一边自言自语说："真好馒头！这样好的馒头！"就举着大嚼起来，学员们也都忘记了菜的气味，杯盘狼藉，快乐地大吃而特吃了。我这时只暗暗地佩服这个伟大的牧羊者。

是另一天，将吃饭的时候，我和陶君都在门口闲眺，忽然有一个学兵来说："徐先生请两位先生吃饭。"我当时想，徐牧师为什么要请我们吃饭呢？难道在吃饭时，又要劝我们归教吗？但是既然来请，是不能不去的。我对陶君说："去罢！"陶君略略犹豫说："去也好。"这样，我们就跟着那学兵去赴席。在入座以后，忽然那徐牧师高声说："大家做个祷告。"同座的人，原来都是牧师，于是都合掌闭目的作起妖法来，我不觉微微的带着窘状了，陶君当然也和我一样，我们只好暂时把头略低着，这是半投降的表示。事后，我们才知道这次聚餐的参与，乃是意外的光荣；原来徐牧师是命学兵来请和我们同室居住的牧师的，我们却张冠李戴地赴宴了。不过我们既然去了，在事实上他却不但有不能下逐客令的苦衷，而且要虚伪地欢迎我们。这事直到现在想着，还要发笑。

光阴从虚空中过度着，匆匆地一周多了，可是我们工作的端绪还是漂渺着，我们未免暗暗着急。可是革命的党人，大约都能了解，任何运动，都是循序的渐进，由量变到质变，而不是一蹴而就的。我和陶君商议的结果，决计写一封信给冯氏，信稿是由我起草，措辞力求委婉，大意是说："到此以后，谬蒙宠恩，不胜感激，然长日闲居，无事转觉有所悒悒，愿督办有以教之！"这封信送去以后的第二天，我和陶君正在球场上掷篮球，忽然那位初到时领着我们游览新村的传令员来说："黄先生：督办请你。"我连忙穿上衣服，跟他去。远远的看见冯氏站在大讲堂门口等待着，当我离他不远的时候，他就一面走上前来，和我点首为礼，一面慢慢向新村大门方向走去。我只好跟着他走着。他一边走一边问我说："住在这里，觉得怎样？"我答说："什么都好，督办对我们未免太客气些，不过闲着没有事做，觉得有点难受。"他微笑地说："都是一家人，我倒觉得并没有客气，那末事情怎样进行呢？"我这时看看将近大门口了，逆料他是有事出去的，所以很简约地说："督办事情很忙，我们事事来磋商请示，事实上是迂缓得很。我想俱乐部的办法，督办既然同意了，那末莫如我们回头拟定一种大纲，呈给督办批一批，对了，就立刻进行，如果不对，修改之后，再呈督办，我想这样办法，或许便利一点。”他一边点头一边说，“对，对，很好！那末我们就这样办罢。”这样，我就兴辞而退，目送这巨大的人影隐没在大门外面。

这天晚上，我和陶君开始这俱乐部设计的起草，办法是照着俄国军队中俱乐部的组织和设备而加以斟酌的，第二天就缮成送去。约摸过了两天，这份稿子就发回来，每句都加墨点，这是表示他是逐句看过的，后面还批着一个“阅”字。当天晚我们就去见冯氏，在谈话中，决定了几件事情：一，以大讲堂为俱乐部址，各种球场，在新村内空地上，或操场上设置；二，一切购办，由代理副官长薛云峰负责。这样我们的工作，可说是渐渐进于实际了；只有一件事使我们感觉不快的，就是冯氏当面介绍徐香圃来帮助我们筹备一切。这个情形，正和几天以前徐香圃对于我们误会赴宴一样，不但不能拒绝，而且反要佯示欢迎。凡是一个人，当他没有能力反对和他思想上的敌人共事时，其中的难堪，一定会和我们一样的。

从这天起，徐香圃就和苍蝇附着臭肉般的粘住我们，我们厌恶他的心理，与日俱增。即使我们有时对他显出鄙薄的态度，而他为着上帝来监视这两个叛徒的责任却丝毫不肯放松。在旁人以为他这样跬步不离的伴着我们，一定是对我们的工作给与无限的便利，而实际上，他是阻碍我们的工作的。关于球类、乐器、玩具、书籍等的采办清单，我们在冯氏介绍他的一天，已经开具给他了，但是隔了好几天，这一切的娱乐物品依然毫无消息。我想我们的采办清单，大约一定是和他送给我们的圣经，在同一待遇中了！因此，不能不时常去催迫他。但是当我们去催迫的时候，他总是说：“快了，就派人上北京去买，请不要着急。”说完了照例面上呈着卑鄙的笑容，两眼迷迷的挤着，余笑停留在眼角的皱纹上，至于久久。有几次我气得简直想力批其颊，但是使命不允许我有此举动，我终于忍耐着。

过了两天，有一位穿着武装便服的中年人来找我们，入门就自己介绍说："我是高震龙。"我们对于他的大名：是早已知道的，因为他是西北军的训练总监。就坐之后，他说明他是奉督办的命令来协助我们的，因为薛云峰赴北京去的缘故。我们当时，是不便将徐香圃妨碍工作的情形说明的，只好说："徐先生着人去办也好，我是军人，有许多不大内行的地方。"我听了这话，知道工作尚须有一停顿期间，因为徐牧师对于这事，当然是无诚意的，而我们在事实上，不能对他有任何指责的表示，所以当时我们都没有别话可说，他坐了一会，也兴辞走了。

有一天，高震龙又到新村来谈话，我和他就一同到大讲堂去看看，因为这是我们未来的工作场所；提起这讲堂，本来就是一个军官们的礼拜堂，每到礼拜日，在张家口的驻军，连长以上，或营长以上军官，及其眷属，差不多都要到这里来做礼拜。我们常常听到他们粗暴的赞美诗，响彻云霄，证明这是牧师所管辖的天下。可是我们却正在图谋篡夺这皇国。我和高君看了讲堂，又看了讲堂的西边侧屋，我心中一边默默的计划着办事室，阅书室，和娱乐室的布置，一边重新回入大讲堂内，仰头看到壁上挂着耶稣圣像，我不免有点发愁，我想在这个版图内，是不许有其他信仰的象征存在的；但是我们用什么方法，能够毫不客气除去这个像片呢？如果因此而引起一种反感，在我们现在所有的力量，是不能应付的。当我想到这里的时候，回头忽见冯氏默默地站在东边侧室——即冯氏的客室门前，我连忙鞠躬为礼，一边和高君走将过去。他很和蔼地问我说："这几天进行得怎么样？"我说："只要娱乐器具和书籍买来，就可很迅速就绪的。"他把头点了一点。转问高君说："去买了没有？"高君很谨慎地回答说："明天就派人到北京去买。"他听了这个答复，盛怒立刻充满在面上。"明天？你们前几天干的什么？这一点事情，都这样拖延着，还能办旁的事情么！”他这样大声斥责高君，使高君不敢再吭一声，只是立正着、脸上青红杂陈。我看到如此怒目的金刚，行施雷霆之气，也不免暗暗的有所震栗。这样紧张沉寂的空气大约持续到一二分钟，他有意无意地对我点一点头，就缓步走入客室间壁的休息室去。我这时，看见高君却如初释放的囚人一样，所谓如释重负，只是面上隐约呈现着微量的惭色。

从高震龙碰了钉子以后，于是乎徐香圃不再来阻止我们的工作，而且当夜就有人上北京去采办各种物品，他们反客为主，工作比我们更努力，更提起精神了。不久，清单上的字迹，都变成现实的物品。

在布置这大讲堂时，把许多标语和政治画张贴或悬挂在墙上，但是这耶稣圣像去留的难题又到眼前了。后来我想了一个滑稽的办法，第一天，将中山先生的遗像，挂在耶稣的对面，其余适于悬像的地方，都用旁的标语或画片占领着。第二天，向高君索取冯氏的像片，假意的在讲堂中寻取悬挂适当的位置，最后在众人面前，决定和中山先生遗像相对悬挂，于是乎取下耶稣圣像，以冯氏的像片取而代之。同时我和陶君在互相交谈的语意中，表示明天，寻觅悬挂耶稣圣像的适当地位的意思；这时旁人当然没有会怀疑我们是玩着圈套的。因为用冯氏来抵抗耶稣，就是牧师们也不敢非难的。这样国民党就在形式上占领了新村的中心，这一架耶稣圣像，从此在办事室里，静悄悄地卧在地上，享受清福，朝朝暮暮，陪伴着我们办公。徐牧师虽然依旧苍蝇附臭肉般的粘着我们，但是现在我们已经不是当初那样怯弱了；因为我们已经有了小小的自己园地。而且在这园地的夺取史中，他已经挂着失败的头衔了。凡是一个革命者，在自己营栅的门前，除了如何击破敌人以外，是没有其他考虑的，所以我们决计先在这里，预备和牧师们开始排哨接触。

开始听宣传的部队，是卫队旅，每天有一营人到俱乐部里来，我们先给他们讲演二三十分钟的三民主义，然后由他们自由娱乐，各种球类，各种玩具乐器，各就所好去玩。该旅共六营兵，每周刚好轮流一次。我和陶君，也是轮流工作，譬如我讲演时，他来监场，他讲演时，我去监场，同时注意官兵对于讲演时所起的反应以及官兵中的优秀分子，我们就这样战战兢兢地进行工作。

朝暾在纱窗上，晨气袭人，我和陶君都在看书，徐牧师匆匆地跑来，上帝所赋给他的阴险笑容全部摊在脸上。我们照例勉强地让坐，他开始说："你们二位，以为俱乐部的图记，应该怎样刻法？我的意思，最好是刻'基督教西北协会俱乐部'，你两位的意思怎样？"他说完了，照例将笑容停留在眼角的皱纹上，至于久久，静待我们的答复。我这时，对他这种袭击，倒并不感觉穷于应付，就笑了一笑说："很好，就这样刻罢。"因为这是我们现时的战术，这个战术，是以表面无抵抗，实际进攻为原则。然而牧师们不能看穿我们所藏的玄机的，他们反以为我们是在他们的掌握之中了。在当时，徐牧师得到这个圆满答复之后，就愉快地谈了一会，在告辞的时候，还回头重复着说："那末就这样刻罢，那末就这样刻罢。"

我们这时就决计将刻图记的事情延宕着。因为事实上，我们已是俱乐部的指挥者，现在并不十分需要图记，但是如果真要照徐牧师所定的，文曰"基督教西北协会俱乐部"去刻一个图记，那末不啻我们把指挥鞭双手捧给徐香圃了。我们当时所以不明白拒绝的理由，就是要避免明争，因为在当时的环境，暗斗都是感觉困难的，何况明争，我们只有依赖技术性的应付，一步一步的前进，所以这完全是一个力的问题。

一个漆黑的晚上，门外的宇宙，一切为黑暗所消灭，陶君在灯下看书，我写着帝国主义侵略中国史的讲义，室内只有灯光和静寂盘踞着。我无意中回头，忽见一个高大的影子，站在门口，不待细认，就知道是冯氏，不知不觉地带着惊奇的神情，搁笔起立，他见我起立，就从容地说："还没有睡觉吗？"说着就缓缓地进来，陶君也急忙含笑起立。他走到我的案前，问我说："写着什么？"我说："写着国耻史。"他把参考书随手翻了一翻，说："光是日本文的参考书吗？"意思似以为光是日本文的参考书，对于中日问题，是难明真相的。我说："因为旁的参考书也不容易找，关于中日问题，是不取他们书内的材料的。"他点了点头，就走到陶君案前。陶君就让他坐，他坐了之后，翻阅了一会案上的书籍，我们都静立在案前。我忽然想着早上的事情，就问他说："督办看得这个俱乐部的图记，应该怎样刻法？"他和蔼地说："你两位想想，怎样刻法？"陶君说："国民军俱乐部，好不好？"他立刻很高兴地说："很好！很好！"我这时未免心中暗喜，我想徐香圃又该掉盔丢甲了；在冯氏出去之后，我笑对陶君说："好在没有开秘密会议。"

翌日早晨，徐牧师又来，我假做不愿意的神情对他说："昨夜督办来，说是这俱乐部，定名为国民军俱乐部，其实名义方面，还不如西北协会俱乐部来得响亮，不过督办既然如此说，真是没有办法！"同时陶君也表示很惋惜这名义的意思。但是徐牧师却很兴奋地说："国民军俱乐部也很好。"我知道他们对于冯氏的意志，是同教一样看待的；所以在时代的潮流中浪花飞溅着冯氏的衣襟，催促他前进的时候，他们是没有法子去转移冯氏的趋向，因此可以看出，在过去我们对于耶稣教在西北军中的势力，未免多少过分估量着。

娱乐室内，有一个留声机，它是比任何乐器也偏劳着，高级军官补习所的学员们，每一下课，就去听留声机，尤其是苏武牧羊中骂毛延寿的一片，他们几乎百听不厌。我在起居室内，每天耳鼓里总是震荡着："……你卖国的奸臣……骂奸贼骂得我，……"周而复始地重复着，重复地骂着，好骂真是中国的国粹，或者就是东方文明亦未可知。

但是毛延寿终究未免近于冤枉，给王嫱写了一张小照，未必一定是王嫱出塞的原因，因为在和亲政策之下，公主尚且难免出塞，何况一个宫嫔。而好事者偏偏平空拉出苏武来骂他一顿，把罪名完全加在一个画师身上，这样骂了不够，还要用二十世纪的新式机器来骂；机器骂人是永无疲劳之患的，所以科学的发达不但要影响活人，连死人都要受影响。

徐牧师真是不了解人类有厌恶心的存在的。他粘住我们，当我们在办公室内办公的时候，他总是坐在案前的椅子上，提出他为上帝而提出的建议。我们虽然用表面无抵抗的战术去应付他，但是厌恶的心理仍是与日俱增。有一次他要将几大箱的圣书都移到图书室内来，我们假做很欢迎的样子，对他说："立刻派人去搬取，不过现在图书室内没有陈设的地方，我们慢慢设法腾出地方来好了。"他当时也没有话说，我们仍是用拖延的方法对付他，但是他依旧时时刻刻到办事室来，表明他也是办事室中的一员。

革命的理论，当然不是用天堂地狱之说来安慰人类，去投降现状，而在激起人类的勇气，并指出其出路，去与现状奋斗。所以我们的排斥徐牧师，乃是使命所决定，并非偏狭的心理表现；为信仰的不并存性，我们决计设法驱逐他滚出办事室去。我和陶君商议的结果，将所有办事室内的椅子，除了我们自己所坐的两把以外，其余一概搬到起居室内去。第二天早上，他照例到办事室来，我们都向他让坐，但是口里说着：请坐，请坐，而臀部却依然不离椅子。他只好说："不要客气，不要客气，"似乎很难堪的站在案旁，可是笑容却仍旧停留在眼角的皱纹上，我带笑说："等我们这点公事办完，我们再来谈天。"他说："好，好，办公时不要客气。"其实我们两人都是编着讲义，那里是办什么公。他站了一会，觉得乏味，就丧气的去了。我们这样地宠迁他，一天两天的继续演着这出滑稽戏，到了后来，他总算渐渐地绝迹不来了。

渐渐地认识了冯氏的长子鸿国，他欢喜下围棋，我和他的技艺，本来不相上下，程度都是一般幼稚。有一天，他拿了棋子邀我到他的住室内去对局，我也只好答应他。当我们走到他室门前的时候，在他这里服务的幼年兵，正站在门前。他问幼年兵说："老头儿（指王瑚）出去没有？"幼年兵说："在家。"他就箭一般似的穿过王瑚住室的门前，钻进自己房内。我跟着也走过王瑚的室门，见一个老头儿正躺着看书。这时正是下午四点左右，当我进了他室内的时候，忽见他正在放下青布的窗帘，我未免有点惊奇，他接着叫幼年兵点上油灯，于是我才了解他这种动作，是为畏惧冯氏而预备的防御工作，心中未免有些不安，但既已来了，也只好布局对下起来，谁知一局未终，忽然那幼年兵匆匆进来说："督办来了。"我这时见鸿国面上，陡现十分惊惶的神色，踌躇不安地注视棋盘，几乎忘了下子。他实在是再没勇气对局了，然而还是为不愿暴露弱点，而支撑着。我当时很高明地说："督办来了，我们算了吧。因为天下的父母，对于儿子下棋，总不欢迎的，下次要下，还是请到我那边去。"他听了我的话，立刻说："好，好，"很匆遽的收了棋子，往床下一塞，我趁此也兴辞出来了。我曾经对朋友说过一句话："如果投胎给冯玉祥做儿子，莫如到南非洲去投胎做黑奴。"其实此语并非十分过分之谈。我听说有一次冯氏给鸿国一张火车的三等免票，教他去南苑。在车站上，头等车内，有许多高级军官，见了鸿国就招呼他上车。那知车尚未开，冯氏已命人将鸿国唤回去，愤怒地说："难道你就不能坐三等车吗？"说着，举起木棍两三下，就将鸿国打得昏晕过去。还有一次，是因在读书时间去打球，给冯氏看见，痛打了一顿，因伤卧了两礼拜。当他责打鸿国的时候，参谋副官不敢进一言，只有冯夫人李德全，轻轻一语可以雷收云霁；所以戚继光的故事，是很容易令人追忆的。鸿国在这种动辄得咎的雷霆严威之下长育着，所以他的神经，在言动上，已经有异于人的征候。

这几天，曾经摄行过大总统职务的黄膺白，也来住在新村里，他这次来张，别的成绩我不知道，但是却制造了一个笑话，原来一天清晨，他去出恭，新村的厕所在东侧门外，官长厕所的旁边有督办的专用厕所。黄氏自以为他所有的履历，是配向督办厕所出恭的。谁知当黄氏正在中途最关紧要的时候，一个卫兵因为当初没有注意，这时听到黄氏逼气用力的声音，就进去一把将黄氏拉出，喝着说："糊涂！谁教你在这里拉屎？"黄氏掇着裤子，匆急地说："我是黄膺白。"卫兵放手向他胸部一推，说："管你黄膺白，黑膺白，反正这里不许你拉屎。"黄氏这时，只好无理论地到官长厕所去完成他的未完工作。我想这时黄氏的窘状，一定比济南惨案发生时，还要没有办法，因为济南惨案发生时，"幸亏部长日语流利，始将日兵说退。"这事当时在新村宣传，做了几天的谈助。

在有纪律的军队中，公开宣传的效力，是比较容易表现的。我们在这短时期中，因努力的结果，已经逐渐引起军官们对于三民主义的注意了，从北京带来的两百本三民主义，差不多都被军官们索取尽了。高级军官补习所的学员，常常来和我们谈话，一般对于三民主义信仰的水平线，也日见提高，当然这不能单纯说是我们工作效率的表现，这是五卅惨案所激起的时代怒潮的波及，同时也是冯氏的态度渐进于显明的结果。这种可喜的进展，我们忙碌着，有时竟至无暇吃饭。

有一天，我和陶君因在俱乐部工作，没到大饭厅去吃饭，忽然冯氏走到我们面前，问我们说："两位吃过饭没有？"我们说："缓一点吃也没有什么。"他说："我们一块吃吧，我也没有吃过。"回头吩咐传令兵备饭。这天，我们在冯休息室内所享受的盛馔，为我生平与冯氏同餐最精美的一席，每人一碟羊肉，一碟烧洋薯，一碗红烧牛肉，一碗蛋汤，同桌的是唐悦良，他是冯氏的连襟兄弟，这时任边防督办署外交处长。他对于此种盛馔，或者尚觉难称精美，但是他如果能够一年以后到西安去，再来领受冯氏的盛宴，那末他一定会回忆这天所享受的佳肴，是等于天厨精品的。

过了几天，徐季龙、孙科、邵元冲、陈友仁、孔祥熙诸先生都到新村来见冯氏，内中除徐先生和冯氏是旧交，常常往来张家口、北京外，其余都是初来的劳燕。我想，在普通观念上，这几人中，最少也须请一位来俱乐部，给官兵讲演一次，理由是因为他们都是所谓党中的要人，这是表明党的关系的密切的。从遗产制度的观念为出发点，我决定请孙哲生先生讲演，于是去见徐季龙先生，请他代约时间，因为我不知道孙、邵等的住处。后来约定是第二天上午九点钟，我于是通知冯治安，他也很欢迎。第二天，孙氏来了，听讲者是卫队旅全体官佐。我致了介绍词以后，预备静听宏论，但是这天孙氏所讲的，只是报告国民政府组织法，和沙基惨案的情形，没有插入一句革命的理论，未免有点失望。过了几天，孙氏到太原去，其余的也都走了，只有徐氏留在新村。

在一个黑夜的黄昏中，万籁入睡眠状态，宇宙正如吴稚晖所说只有“黑漆一团，”忽然冯氏的传令员提着风雨灯来唤我们，说：“督办请你两位。”我们立刻跟着他去见冯氏。就坐以后，相视着都不发言，好像大家互让着先发言的权利似的。最后，我觉得这样静寂，是教人局促不宁的。我于是首先发问说：“督办看到精卫先生所著的国际问题草案那小册子没有？”他随手拿了桌子上摊着的一本书，将书面示给我看，一边说：“是这册吗？正看着，快看完了。你两位看过甘地小传没有？”我说：“是的，就是这册甘地小传，前几天鸿国送了我一本，已经看完了”。他接着问：“甘地主义怎样？”这样深深地注意带着宗教色彩的甘地主义，这是他从民族运动的出发点上，寻找着宗教和革命的一致性，同时也是探索我们对于宗教的真实态度的按问。在我们是一个三民主义的革命者，事实上既不许可明白反对宗教来否认这圣雄的伟大，同时又不能承认甘地主义有在中国可以采取的理由，所以这样突然的质问，是近乎难于答复的。我当时想了一想，就回答说："甘地主义，在印度的价值是和三民主义在中国一样的，印度有印度的历史和现状，他们的政权，已经完全被英帝国主义剥夺了，所以不合作主义是无办法中的办法。至于中国，虽然经济已沦于次殖民地的地位，但是名义上，终究还是一个独立国家，仅仅一种不合作的运动是无意义的，必须进一步有积极的革命行动。"我用这段策略的不合逻辑的话，暗地和他针锋相对，将甘地主义推出中国去，他倒也没有什么不满意的表示，可是空气却又归于静寂了。因为我们对于冯氏，非必要是不愿多说话的，理由是恐怕出言不慎，引起反感。等了一会，他突然庄容对我们说："当初我本来想请几位同志帮助我到军队中来宣传三民主义，因为官兵不懂主义是不能革命的。但是我恐怕青年人只凭一腔热血，不管军队中的组织和习惯，引起许多纠纷，现在我想再请几位同志来帮忙，你两位斟酌，再请几位呢？"我们同声说："最好督办决定。"他说："再来八位同志帮忙，好不好？"我们说："很好！"于是他立刻就写信给徐季龙，并命一位副官，携信乘当夜十一时的火车，到北京去，因为这时徐季龙也已经到北京去了。冯写信给他，是教他物色工作的同志的。冯氏办事的迅速决断，日常如此，所以在西北军办事，是比较痛快，因为没有普通官僚堆积公事的恶习的。当传令员携信出室的时候，已经是晚上十一时了，我们觉得时间已晚，即起立辞出，当他送我们到门口，我们回身鞠躬告别时，我才看到他两足光着，没有穿鞋袜。

过了几天，北京方面的同志，陆续都来张家口，老友濂卿也是其中之一，徐氏也仍回新村。我们的旗鼓大张，威胁着近旁的牧师，在新村中，一切人们的案上，除牧师以外，三民主义讲演录，都摊在着，而圣经却静默地站在书夹里发怔。在革命的过程中，某地某时，偶然呈现令人兴奋的现象，本来并不必过于乐观。历史的定命，每每可使这种现象归于风流云散，但是劳动者对于其作物欣欣向荣的时候，无论将来天灾会如何袭来，是不能为这种预测，而影响其当时欣喜的情感的。

晨光占领了新村，朝露默默无言地逗留在阶前的绿草上，我独自在门前领略着媚人的晨景。远望徐牧师门前，静悄悄只有夹竹桃独自红着，而娱乐室里，苏武又在开早班，愤气满胸地大骂毛延寿是卖国的奸臣，我想画美人图给外国王的倒没有什么可骂，画地图给外国人的，则不但应骂，直是可杀。因为美人是不能受国家境界拘束的，他并不是国家财富，要用保护制的关税来保护，以免漏巵外溢的，所以送王嫱出塞，不能说是一种罪恶，只是将她禁闭在深宫里，才是一种罪恶。

我这里无聊地正在心里替毛延寿抱着不平的时候，忽然一个传令兵到我面前说：“冯旅长请黄先生。”我就点了一点头，跟着他去。当我进入室内的时候，冯治安和一位有名的牧师陈崇桂都起立让坐。我一边答礼、一边瞧见桌上摆着一张俱乐部的时间表，在道德讲话下面，写着“马伯援先生”五字，我立刻假装着没有看见的样子，就问冯治安说：“旅长有什么紧要事情？”他说：“没有什么，就是一张时间表……”我急忙接着说：“那末等会就来，因为刚才正有点要事，差一点就办好了，办好我再来。”他说：“这样也好，我们等一会再谈。”我点了点头，就回来，将此事告诉陶君。原来陈崇桂在国民军中，算是最有权威的牧师，他曾经游历过二十余国，行动也不似其他牧师这样讨厌。可是我看见了这张时间表，就知道他到冯治安这里去，是为介绍马伯援在俱乐部讲道而去的。马伯援本是日本东京中国人基督教青年会的总干事，从前在东京的时候，也曾见过面，其人向天开炮的技术，可说臻于上乘，今天眼见要在三民主义的宣传机关里来散布福音，我的不能承认，乃是当然的本分的态度。可是我当时碍着陈崇桂，而且我了解这是他们有计算的进攻，所以托故走了。其实领略晨景，那能说是要事，这明明是我在上帝的面前说谎罢了。

从玻璃窗中了望着，一直到陈崇桂带着胜利的神情，从窗前走过，回到他的寓所去。我于是出室去找冯治安。在握手之后，他就拿了那张时间表给我看。我一看之下，故意现出惊诧的神气说："哎！这事怎么办呢？时间冲突了。我这几个礼拜，是已经约定徐季龙先生讲演，而且他已经答应了。"我说着，一边看着他，做出一种很为难的表情，他听完了我的话，也似乎带着惊奇的情感，很兴奋地说："哦！季龙先生讲演吗？那是最好没有。"我恐怕他说出对于陈崇桂方面难以为情的话来，就立刻接着说："马先生的道德学问，我们是很佩服的，以后季龙先生缺席时候，我们亲自去请他讲演好了。"他说："这样很好。"于是我就兴辞了出来，胜利的喜情，在微笑的眉眼间荡漾着。

用徐氏来抵抗马伯援，就两人在西北军中地位和信仰上的比较看来，不言而喻，只好请马先生退避三舍。然而事实上，我并没有约定徐氏作任何讲演，所谓约定讲演云云，不过是我对付牧师们救急的向壁虚造的诳语。这种为革命的利益而玩弄的魔术，每每使我对于自己的行为发生厌恶的心理。无论此种行为的动机，是否以自私自利心为出发点，然而虚伪的韬略，要是支配了行动的全部，我们试去设想，是如何阴险的小人。但是以铁牛的态度去做革命运动，事理上又是不许可的，所以我为胜利计算，有时仍旧用说谎去应讨敌人。

诳语既然发挥了他的效力，我只好将假作真，就立刻去见徐氏。

他住在招待处的西侧室，离我们住室不过一箭之遥，当我入室的时候，他刚起床，要形容徐氏的尊容，本来最恰当的是："一副骷髅，包上一张皮"的一句话，这时因为他还没有洗脸，更显得瘦瘪可畏。我坐在他临窗的椅子上，一直等他洗完了脸，我才说："我是来请徐先生在这几个礼拜每天去俱乐部讲演三民主义的。"他戴上眼镜，对我看了一看，微微地皱眉说："时间是个问题。"我笑着说："另有一种原因，这几个礼拜的讲演，请勿推辞。这是个人信仰的关系，反正徐先生有要事缺席的时候，我们当然是会代讲的。"他听到我另有一种原因的一句话，似乎表示惊奇的模样，但也并不加以追问，就答应说："也好，不过讲演稿是要你们担任的。"我就答应了出来。

自从这次把戏以后，牧师们就不再行试验他们对于俱乐部侵占的计划，在新村中，我们和上帝的斗争，暂时告一段落。

有一天清晨，忽然听到冯氏邀请李协和在上午九时借俱乐部给张家口全体军官讲演的消息。为党谊和崇仰他过去的战绩，听到这个消息，使我们不知不觉地很高兴，他这时本来是冯氏所聘的高等顾问，住在冯氏所办的小图书馆内，可是我们直到现在，还没和他见过面。

铅印的演讲稿子，拿在各位军官的手里，革命伟人之一的李氏，从容地在演台上讲演着，右手时时抹试着菱角般的短鬓，大约是恐怕生锈而磨擦着。我耸着两眉听着，所起的情感，只有失望和叹息；然而这终究是伟人的理论，在新闻记者，普通是称做"名人讲演"的，就中最精彩的一段，是他目光如炬地说："不但英国、日本是帝国主义，就是法国、美国也是帝国主义，不但法国、美国是帝国主义，就是中国也是帝国主义。"这一段名论，是用叠笔的艺术发挥出来的，当我听到最后的一句，就是"中国也是帝国主义"的时候，我不禁惊奇到两眼突出为止。我不想到次殖民地的中国，竟一跃而会变成帝国主义，然而这终究是革命要人的理论，中国的革命要人，是最能发挥和这种同样价值的名言的!

我在这里追述我的朋友陶君，他是一个大学生，同时也是一个冰雪聪明的青年，但是他的脾气非常高傲，偏偏我在那时也是个性很强的自以为是的青年，在这种情形中，常常为讨论一个问题，意见上不一致的时候，两人各执己见，而至发生冲突，甚至两三天不交一语。但是我们都不因此放弃工作，而且在旁人面前，从不露出破绽，我们知道，我们都不是为自己而工作而努力着，不过几时，仍旧言归于好。

后来，我们都不约而同的高明起来。我对他的意见不以为然的时候，就默默无一语，冷冷然地走了开去；同时，他对于我的意见不以为然的时候，也是用这样的形式来表示反对的意志。不过停了一会，我们再讨论旁的问题的时候，两人都不为这种芥蒂影响到另一问题的意见上去。后来北京方面的工作同志继续的来了，我和陶君感情上的隔膜，似乎逐渐消融。我对他是因为从工作上比较起来，觉得他比任何其他同志努力些，因此未免有所心折，所以我和他对于一个问题的讨论，有时虽然和他意见略有出入，我对他总是表示同情的态度，放弃自己一部分的意见，以求解决。至于他，似乎也是抱着这种心理，不过我不敢加以断语。

礼拜日，我和七位同志同去游赐儿山，赐儿山算是张家口唯一的风景，秋暾刚上树梢，晨风微起，挟着新凉，侵入游客衣袖。我们过了一座跨河的大桥，就到万全县治。提起了这跨河的大桥，就联想到曾经演过的一幕血花乱飞的惨剧。原来在民国十三年的时候，察哈尔都统张锡元，因克扣兵饷，弄得兵士鸠形鹄面，几乎不能求活，于是引起部下官兵叛变，叛兵约有二团，抢掠了张家口全市。后来张锡元滚去，张之江到来，用计将叛兵驱上火车，假说开往他处改编，在火车开出市外的时候，即停车包围缴枪，将所有官兵，都在这座跨河的大桥上，一一斩头，残酷而不习于行刑的兵士，只将大刀对着叛兵的项颈，一刀砍去，不管绝命与否，就一脚将叛兵踢下桥去，于是这六百余人的叛兵行列，都在这桥上“一刀，一脚，然后下桥”的刻版命运中，离开了这惨酷的世界，抛弃了这鸠形鹄面的驱壳，让桥下的流水，滔滔地泛着红浪，向东南奔驰。这是张之江为军纪和秩序所立下的伟大功绩，同时，却为人间制造了不少的孤儿寡妇。

当我们结队走过跨河大桥时，河水静寂无语地奔流着，似乎已经洗净了这惨剧的痕迹，所谓痕迹，在桥下去找寻，虽已消灭，而在人们的印象中，却仍然深深留着。张家口的商人，虽然身受劫抢，却出人意外，转为叛兵们鸣屈。他们多说：“叛变是军官们所逼成，兵士在平时都是很守军纪的。”

渡过了乱石的河滩，赐儿山已在望中，葱郁的丛林，透出一片秋意，在旷漠寥寂的塞外，大自然所呈现的只有冷酷而庄严的铁面，回避了一争春的风光，然而这赐儿山的一角岚色，却给与我以回忆江南的情怀。

有一带红墙，从秋树中隐约呈露出来，这是赐儿山的寺院，我们都勇敢而兴奋地络绎登山，曲折的山径，穿着丛林而过，日影静寂地筛在地上，我们进入了醉人的“诗的境界”。进了寺门，就走过一个石洞，洞内的流泉，潺潺地自鸣着，院落中设着许多茶座，假山上的月季花，新红初放，我们都在石凳上休息，拭去残汗，三两闲谈着。

寺院的后楼，巍然高峙，登楼可以纵眺张家口全景，我们于是群议登楼远瞩。但是，当我们走到登楼所必经的角门时，却起了“此路不通”的感慨。角门是深深关着，门前树影静寂地卧在地上，微风轻送凉意。我举手推门，知道里面是闩着，寺僧在院内大声告诉我们说：“先生们！勿要进去，里面有洋先生住着。”当我们听到这话时，我立刻回忆上海法国公园“华人与犬，不准入内”的耻辱，不禁勃然地愤怒起来。我回头对几位同志说：“我们偏要进去。”有一位同志钱君，就瞪眼说：“什么东西！洋先生。”就气呼呼的上来，用拳捶门，其余的同志，也都鼓噪着助阵。不多几时，里面一个中国人的声音，隔着门问我们说：“你们什么事？这里是外国人的住所。”口气是和上海的巡捕相仿佛，这不言而喻是一个西崽，我们都很气愤地说：“快开门！”后面几位同志，还怒骂起来。他听到人多势壮，就说：“我去请洋先生自己来和你们说。”钱君说：“你去就去，教他快滚过来！”等了一会，里面有外国派的中国话，从门缝中传出来，“我住这里，是张都统介绍的，请你们不要进来！”陶君说：“张都统教你住这里，不是将这块土地卖给你，这是风景的地方，你为什么关门？”我接着说：“请你自己开门，比较方便，不然，我们就打进来。”有几位同志随即用脚对门踢了几下，接着门就果然开了。一位法国的洋大人站在一侧，脸上显示出无可奈何的怒意，但是不则一声。我们就胜利地直登楼上，故意留连至于久久，等我们下楼出了角门的时候，那个西崽跟出来，想把门再行关上，但我们很严厉地警告他，不准再关，无论何时，只要看到你们把门关着，我们就碰碎这角门。西崽忽然赧颜地说：“先生们！你们今天做的事，我心理也觉痛快，可是我也是不得已，都是为这碗饭，没法子把这个人卖给外国人！”我们听了这话，都觉得有些感慨，忽然看到大门口一位肥硕而有微须的人，喘吁地进来，为山路的崎岖，额角涔涔流汗，我们一看，却是李守常先生，就都上去招呼，后面跟着来的是王法勤和丁维汾两先生。他们笑问我们，为何喧闹着。陶君就把刚才的事，约略说了。李氏说：“不要和他们闹罢！这是一个总的政治问题。”我们都笑了一笑，就把这小小的外交问题搁置了。

在日色渐西的光景中，我们跟着李、王、丁氏下山归来，从王氏谈话中，知道于右任、吴稚晖、张继等也已到了张家口，这许多党内所视为领袖及北方革命运动实际的指挥者，联袂而集中于张家口，很明显地可以预知时局将有新的发展了；但是这次会议的内幕，直到现在，我们还是一无所知，历史中本来有无尽藏的秘矿，人类是无法开掘的，除是局中人尚未成历史的人物而自愿宣布时。

过了不久，喧传《民报》英文主笔陈友仁被奉军逮捕的消息。《民报》是西北军在北京的机关报，分中文英文两部，在中文部担任编辑的，大约都是国民党的青年党员。这次事变的发生，其原因是为“五卅惨案”发生以后，全国民众非常激昂，尤其是上海的民众，浴着这时代的血，站在民族运动的最前线。而目前革命的要人张委员学良，在当时是和毛延寿一样，被人牙根咬恨，骂做卖国的奸贼的。当他的正印先锋邢士廉压迫上海革命民众的消息传到北京的时候，民报社中文部许多青年记者，都气得两眼发直。第二天，报纸上就发载着“张作霖病死”的新闻，这样滑稽而咀咒的泄愤手段，自然引起驻在北京的奉军干涉。第三天，就有二十多名奉军，包围了民报馆，要施行搜捕，民报社的编辑就急忙打电话给驻在旃檀寺的国民军。这时在北京的势力，国民军比奉军自然大些，不一会，来了四十多名国民军，执着明晃晃的大刀，将二十几名奉军压迫得曳兵而走。但是奉军对于民报社的报复并不因此放松，于是在私邸里将陈氏捕送天津。陈氏对于民报中文部本来不负责任，但陈氏在社会上的名声，使陈氏反至首当其冲，而蒙其祸，所以名声有时真累人不浅的。

这事发生以后，冯氏踌躇不知所可，因为咀咒一个人，至于说他死，而且被咀咒的人，又是以万岁自命奉天承运的孤王，这个交涉当然是难办的，何况金兰之盟，口血未乾的义兄正在勃然大怒的时候去办交涉，无非多碰上一个钉头。以冯氏素来以扭扭捏捏为政治态度的人，在这时，其一种犹豫和踌躇的情意，当然可想而知的。后来听说徐季龙因冯氏对于奉军没有表示，而陈氏的生命，时时在“业已枪杀”的传说中，于是痛责冯氏不应对奉军如此表示怯弱。冯氏没奈何，才勉强派人去交涉，不久，陈氏释放；但陈氏所释放的原因，是否交涉的结果，我是模糊着。历史所演放的幻化的焰火，在我的记忆中许多都是模糊的，由模糊而更进一步，便是忘却，但是忘却终于不肯忘却，有时还依稀恍惚的去追忆着，所以追忆终于成为人类的深癖。

晨光曦微，我清梦正酣，虽然不至于见着周公，却忽然为呼我的声浪所惊醒。张目一看，却是卫队旅第一团团长张自忠站在床前。我急忙起身挺坐，一边问：“团长有什么事吗？”他说：“督办请黄先生，再另找一位同志，跟刘师长一同到甘肃去。”我陡闻此语，知道我生命的历程又向新的方面展开了。凡人在新的历程的前面，是不经意地要发生犹豫的心理的，但是这只是一刹那间的心境，在一转念间，这种犹豫，立刻为好奇心所消灭。我幻想一片瀚海沙漠，旷漠的自然，展开在我马蹄前面，夕阳反照在古戍的残垒，一幅秋深的晚景，朝日初临河套，凉露默默地湿着岸草，一鞭秋意袭人的晓色，一切一切，将都要变成我生活的背景。我兴奋地流露出睥睨一切的情意。

我跟着张自忠去见刘郁芬，刘短小的身材，略俱精悍气概，微微的笑容，给与我以谦和的感觉。他说：他今天就要西去包头，而我和我的伴侣钱君，可和梁团长冠英同去。我于是辞出去找梁团长，他这时本在高级军高补习所肄业，任务使他不能毕其所业，因为他是刘氏部下第八团的团长。在见面后，我们就去新村后面草屋中，辞别冯氏。见面无何话可说，他只谆嘱梁君，路上一切处处给予我们以帮助。晚间八时，张家口车站汽笛一声响遏天空，我从这汽笛声中，被煤和水所起的作用，强逼着辞别了赐儿山的秋树和新村的晨景晚色，同时在月黑云高中，翻开了这生命史新的一页。

我本来想和濂卿同去甘肃的，但是这时候，他正病卧在医院内，所以我只好邀钱君同去。

人类当他的肺叶还在呼吸的时候，是证明他尚是占领着宇宙。呱呱堕地以前，阖眼长逝以后，这生活的两头，都是空虚杳渺，只有生活是仅有的现实。在这现实的生活中，从拿破仑到洋车夫，都有他独到的享受和价值。一切人类自冲积期以来，在宇宙中没有两个生命的现实能够自始至终完全相同，人们都是割取万有的一脔，以自成其命运，所以“扛轿小史”，也会自有其精采。

当我感触到生活的两头都是空虚杳渺时，使我不愿再执笔而从事追忆；但是我终于续写这浪迹生涯的另一页了。

二千里晓风残月

从车窗中回望张家口，只有三五星火，错落明灭，可以依稀认识，夜风凄厉，车向黑暗深处狂奔，宇宙只有虚空，车外的一切，完全埋葬在迷茫的夜色中，车轮的单调而粗暴的声浪，使人们感觉麻醉和不安。疲乏的旅客渐渐都入于睡眠的状态，闭眼默坐着，随身的振撼而左右动摇，他们不论是强者和弱者，总之，都为着自己的生命和生活奔走，抱着各不相同的希望和目的，向那渺茫的“人生之路”匍匐前进，挣扎奋斗。然而在这沉闷的黄昏里，每人却都在他的生活史上著作这“平绥路之夜”的一页。

夜色渐渐深了，车厢里鼾声四起，和车轮声相调节。有时驶过小站，一声汽笛，冲破了静寂的寒夜，将旅客从各自独有的梦境中，唤回现实的人间来，但是他们略一张眼，又沉沉回到梦乡去了。有几个人口角还流出长涎，和檐漏样的沾湿着衣襟。夜更深了，我为着一种杂乱的思绪所激刺，精神非常兴奋，默计此时全东方的所有弱小民族，都在呼呼酣睡之中了，而我还依然转侧不能成寐，我试尽种种通俗的催眠方法，但是结果往往仍归无效，最后不知在什么时候思绪渐渐模糊，由思绪模糊，更进一步而入于朦胧状态。

天明，车外的一切，依旧是现实的宇宙。这是一个阴云的天气。彤云密布在天上，远山黯淡无色，火车在旷漠的大野中，疯狂般的向西飞奔，在视线中，除了偶然有三五牛羊，踯躅着孤零地闲啮枯草以外，我们没有其他生物可见。羊角风卷起灰尘，和炊烟样地旋上天空，大地完全为沉闷所笼罩，一切和一切，只是些引起人们感觉枯寂、颓丧、抑郁、悲怆。在这里，没有诗人可引为赞叹的诗料，无论何人，走入了这个万有属于灰色的境界中，不会相信人间更有所谓“春之缠绵”的存在，地球是久远已经丧失所有的热力了。

过午，车到了归化城，日光从云隙中偷漏出来，恰似在狱吏严肃的铁面上，微露笑容一样，景象渐觉融和，旅客也都荡漾着欣悦的情感。明妃的青冢，据说就在这城外；然而我不是怜香惜玉的才子，所以火车虽然在站上停留多时，我并没有凭吊美人的雅趣，因为在历史上，美人本来是属于才子诗集中香艳的题目了，所以青冢的价值，不过是供古今游手好闲的浪人做无病呻吟的诗题而已，我对于这种所谓古迹，并不引起何种感慨。

同车西行的旅伴，除钱君以外，是梁团长冠英和营长高树勋、郭振忠，梁氏态度沉毅，从目光中透露出精悍的气概，是一个令人肃然起敬的军人。高君躯干健壮，一切动作，也都足表示出他曾经受过深长的训练。惟有郭君，他所有的状貌行为，备具了天地间弱者所有的条件。当我们在车中闲谈时，他总是默坐在行军床上，采取旁观者应取的缄默态度，仅仅在听到他感觉兴趣时，才微微地一笑，表示不是一块石头而已。

汽笛一声狂吼，火车毫不留恋地离开了归化城，从烟突中吐出蓬勃的黑烟，沿着大青山的南麓向西狂进，嵯峨的山影，和狞鬼一样地顶天立地，威吓着塞北的一切，这是历史的民族间相互掠夺的战场。但是这些无名的千千万万的战士，无论其为冒顿的骑队，或汉皇的貔貅，到如今都埋没在苜蓿草下，杳远的往古，已经把他们的白骨也销蚀成为泥沙了，只有这无情的山色，永远留下了历史的痕迹。

沿途经过了许多小站，只见旅客纷纷地忙着上车下车，在他们的一上一下之间，冥冥中自然各有一种不可动摇的理由和责任，支配着命令着，这当然是没有自由可言的，我了解这就是人类为“生活之鞭”所痛笞着的奔走。

夜将半了，车抵包头镇，这是平绥路西端的终点，梁君等骑马前行，我和钱君雇了一乘骡车，追随着同赴第二师司令部。车站在黄河岸上，离市镇尚有二三里地，月黑风高，夜寒袭人，更加饥火中烧，在笨拙的骡车中，不断地左右颠簸着，我几乎震眩得要晕蹶了。

到司令部后，梁君就领着我们到副官长丁君处略事休息，自己就去见刘郁芬，见了之后，连夜匆匆回萨拉崎防地去了。我坐在副官长室，饥饿和疲惫交并，两眼不断地发黑，火车中震荡的感觉，尚停留在神经上，我几乎怀疑正在地震。勤务兵打水给我们洗脸，在洗漱之后，神志渐觉清醒，但是当我偶然低头看到面盆里的脸水时，不禁微微惊诧，这简直是大盆开明墨汁，谅来是从张家口到包头千余里路中间，所受的一切灰尘，完全都溶化在一炉中了。

副官长丁君，在每个动作中，都可表现他是官场的酒精所浸透了的制品；不自然而含岸傲的笑容，时时在面上装扮着，团团的面孔，便便的大腹，这是不待相命家的预言，可以知道他是属于人间有福气的一类人物。

饭后精神渐觉振作，就和钱君去见刘郁芬，室内的陈设，处处都足表示他是一个朴质无华的军人，壁上所悬挂的只是一架中山先生的遗像，和冯氏的像片，微风飘动着糊壁的破纸，一切都是简朴的象征，坐在室中办公案前的侏儒人物，就是这次远征军的最高权力者。

这种会见，不过是一种照例的进谒，当然是没有什么讨论可言的，而且我们也已经很需要休息了，所以略坐一会，就兴辞出来，副官长命我们暂时和军需处长朱国斌同住。

第二天，起床已是钟鸣八下了，早餐以后，我和钱君同赴国民党内蒙省党部去，我们希望党部的负责人，能够告诉我们以此间一切情形，使我们所负担的工作，容易进行。

晨光侵入衣袖，我们开始沐浴着绥西最大市镇的阳光，牛马粪依然点缀着通衢，深深的车辙，残留着过去多少旅客的陈迹，街上的男女，遍天下初无二致地为生活而忙碌着。我们转了许多热街冷巷，最后寻到了照墙上写着中山先生遗嘱的墙门。于是乎我们知道这一定是所谓指导内蒙民众进行民族运动的革命机关了。

常务李如愚君，是土默特旗人，穿着半旧的西装，然而在僻陋的包头人的心目中，已可算是不常见的奇装异服，在街上行走，当然可以享受目迎目送的敬礼了。此外还有一位执委苏君，是一个强健的中年人，言语动作间，都表示一种江湖英雄的气慨，他是哥老会内地位较高的哥儿。又有一位执委黄君，是一个谨愿的青年，他正预备投入黄埔军校，而且不久就要起程了；在当时“到黄埔去”的一句时髦话，几乎变成中国青年普遍的口号，他们直觉地认为这是唯一的出路，人们几乎用“黄埔”两字，来注释革命的意义。然而到了如今，我们只有和小站练兵作同样的感想！于是乎若干青年徬徨了，但是徬徨终于胜过堕落，因为堕落的青年，他们已经把所有的一切完全廉价出卖给政权所有者，无论如何不会再了解徬徨是什么意思了。在就坐之后，我立刻表示我们对于他们的愿望。他们很欣喜而忠实地告诉我们以一切，最初所谈的是党务，在当时正是中国革命的初春，所以谈谈党务也能感觉兴趣，这是与现在不同的，因为到了现在，我们已经不了解党务是什么意义了！在许多谈话中，最引起我们注意的，是李君所叙述的关于哥老会的问题。在绥西方面，哥老会的会伙几乎占了全人口十分之八，共有六十余万人，会中的规律从来非常严密，一切都在大哥支配之下。在十余年前，如果大哥命令一个会伙去跳井自尽，这是没有犹豫的余地的，因为在这无上权威之下，犹豫和不犹豫，命运并不会因此发生变化，虽然近十年以来，纪律渐觉废弛，然而大哥的权力，依然可以左右会伙的命运。会中通用着一种特有的江湖暗语及暗号，当两个会伙陌路相逢的时候，只要一言一动之间，双方就可了解都是自己的哥们了。近年因为塞外生活的艰难，会伙也有落草行劫的，但是他们对于同会的哥们，却从来是秋毫无犯的。他们在绥西撒开了劫掠的网，如果一个没有加入哥会的商人，只要他鞭叱着他的骡马，扬长地出了包头镇五里以外，他就会丧失他鞍上所有的一切，或者他自身也被掳去做了肥羊。

从前，会中的大哥是六十多岁的老人杨万增，在一年以前，他被绥远都统李鸣钟骗去杀了。这些以为“杀头可以解决一切问题”的军人脑筋，自然卤莽灭裂得可笑。当时全绥远的哥老会中人听到这个消息，全部骚动起来，用武装来质问擅杀其领袖的理由，黄色的神秘的旗帜，领导着一簇一簇的武装士民，对绥远城取包围的形势，与驻绥军队以实力的威胁，双方陷入严重的对抗形势中。当时国民党北京政治分会接到绥远方面党部的报告，立刻电请冯氏，严令制止绥远驻军任意的屠杀，同时命令在哥老会中工作的党员，劝哥老会切勿因李氏个人行动的错误，而对全部国民军加以仇视，要暂时忍耐，静候合法的解决。结果，哥老会方面因继杨氏而兴的大哥刘长富也不愿因此酿成巨案，主张暂时退却。从来群众在一种猛烈的斗争的当前，只要略形退缩，就不会再有效果的。我虽然并不承认哥老会这次的举动有何重大的政治意义，然而这次掀天的巨波，终于以永远的静候算作合法的解决了。从这次事件发生以后，双方虽然避免了暂时的严重的冲突，却从此留了深刻的裂痕。在国民军方面的重要人物，当然不会了解哥老会在绥远的经济背景中存在的意义，以为这些不过是一种莠民的结合，是应该加以取缔的，但是哥老会方面，以为国民军始终对于他们保持着压制的态度，所以对国民军也抱着一种敌意。

我们对于国民军和哥老会间发生这种不良的关系，当然是非常重视的。所以当时我和钱君就对李君表示，将努力于消灭双方裂痕的愿望，李君因工作的关系，新近也加入了哥老会，他热烈的表示和我们共同努力于这种企图的实现。于是我们开始磋商此事的进行，结果决定由我和钱君去要求刘郁芬宣示对于哥老会的真实态度，同时承认哥老会的存在，至于哥老会方面由我和李君同去劝告刘长富，允许青年会伙接受国民党的训练，我们所希望的，是以共同努力于民族运动的一致性，来消灭双方无意义的敌视意识，这样决定之后，我们就出了党部，回到司令部去。

刘氏因事出未归，我和钱君只坐在炕上看书，军需处长朱国斌，也只顾自己办公，室内非常静寂。提起了这位姓朱的，直到现在还叫人感觉不快，这副尊容，简直是天地间所有凶恶，奸险，傲慢和卑鄙的象征，光秃秃的头顶，鹰嘴样的鼻子，再加上三角式两眼，流露着诡谲而阴鸷的目光，下面托着一个和他令祖宗朱元璋同样突出的下巴，这真是滑稽的艺术家所雕塑的“恶神之象”。无论何人，看到这样五官的布置，都会发生厌恶的情感的。所以我们虽然和他同住了四五天，却不曾有过一次寻常应酬上所应有的谈话，因为我们几乎会承认和他交谈是一种冒险的事业。后来，我们搬到司令部后面的空屋内去住了。

晚上，我去见刘郁芬，说明哥老会和国民军间关系的恶劣，是引为可惋惜的事件，目前应该出一纸布告，宣示本军对于哥老会明确的态度，以安人心。在最初，这些话并不引起他何种注意，后来我为他说明哥老会在绥西方面的力量，如果否认哥老会的存在，结果就会使群众对于国民军怀抱疑忌；而且哥老会虽然是宗法社会中的一种组织和力，但是这里面有深长的历史，并非用压制的方法所能消灭的。在目前，只有慢慢设法使他们用革命的信念，来代替宗法的信念，如果无计划的加以压制和取缔，我们所得到的，恐怕除了反感以外，不会再有别的利益的。当时刘氏似乎略略有所感动，他说："压迫到并没有压迫他们，不过出布告也不必，莫如出一种传单，告诉他们，本军对于安分的哥老会伙，是一律加以保护的；关于传单的详细内容，请你和参谋长去商议着决定。"他说到这里，就命传令兵领我到参谋长居室去。

在火炉的旁边，坐着一个二十岁左右的美少年，安闲地用铁箸拨着煤灰，从传令兵的敬礼和报告中，知道这人就是师部参谋长杨耀东。我真不相信这眼前文弱的青年，会是掌握西征军军符的人物。当他听到传令兵的报告之后，从容的站起来，放下了铁箸，让我坐在近炉的椅上，面上堆砌着官僚式的交际界通用的笑容，这是和他的年龄以及仪表不相和谐的。近年以来，我对于这种笑容，已经由惯看而发生憎恶了。本来笑的作用，是表示人类喜悦的情绪的，可是一到了官僚和商人的面上，却代表着人世间的虚伪。在当时我因此对于杨君发生不良的感想，为工作的关系，我说明了需要和他磋商的事件，这些事件，在他们是视为无关宏旨的，所以也不需要讨论，只是决定传单的稿底，由我去起草，而是他担任了付印的责任。

夜静如海，我和钱君春蚕食叶地走着笔，各自工作，我起草的是告哥老会书，他起草的是告甘肃民众书，都是预备在行军中散发的。告哥老会书的大意是：国民军除了哥老会中流为土匪者以外，其余一律予以保护，同时希望哥老会放弃其历史错误的口号，共同努力于国民革命。告甘肃民众书的大意是：国民军将以固有的森严纪律，保障此后武力和民众的亲密关系，同时希望甘肃民众与国民军共同为国民革命而努力。其实当时国民军对于革命的态度，甚至于连灰色都谈不到，他们有些能够很沉痛地谈谈国耻，或者激昂慷慨地表示愿意战死在未来的中日战争的战场上，这些忠实的爱国主义者，已经算是最进步的人物了。然后我们竟强奸式地替国民军披上了革命的外氅，这只能说是我们正在玩着吹胰子泡的把戏！回想当时，全中国的革命运动者，每每听到一个大有希望的革命军人；人们寻找革命的伙友，离开了经济背景的观点，只是盲目的进行政治拉夫，于是在革命的失败史中，留下了千万页时代的笑柄。到如今，从头追忆，使我兴了无穷的感慨。

翌日的上午，我将传单的稿底交给杨耀东去付印之后，就到党部去，李君正等待着我一同去见刘长富。出了党部，曲曲弯弯转入一条冷街，走进和城门一般大的大门，有一位六十左右的老人伛偻地从上房里迎将出来，由李君介绍，我确实地认识了这神秘的“河套之王”。

室内的陈设是北方中上人家的气象，朱红漆的箱笼，排列在北壁，东壁悬挂一幅支配着江湖上人信仰的无上权威者关羽的画象，在黑暗的光线中，我被他让坐在客位的炕沿上。这时，李君还是恭恭敬敬站立在门口，因为从会内的规律上言，一个初加入会中的哥们，在大哥的面前，是不能获得坐位的，然而李君因为是内蒙省党部的常委，所以他终于命令李君坐在靠门的短凳上。

上炕的时候，无意中看到刘氏脑后还垂着花白的小辫，我未免感觉奇异，一个反清复明秘密团体的领袖，当清室颠覆了十余年之后，脑后还依然遗留着这满人统治中国二百余年的政治纪念物，自然是一件滑稽而矛盾的事实；然而这也无关宏旨，天地间以矛刺盾的事正充斥着，而且在黄河流域看到一条发辫，几乎是和看到人有一个鼻子，会感觉到同样平常的。

谈话的程序，我渐渐踏入了教训者的地位。我告诉他，如今清也不必反了，明也不必复了，压迫我们的是帝国主义，所以我希望你能够变更会内的口号，一致加入国民革命的战线。同时我又提出要求，请他允许会内的青年接受国民党的训练。他对于这项要求，圆简地承认了，并且说：“关于这事，也曾和李君提及，不过没有切实的计议罢了。”

辞别了出来，他一直送到大门以外，据李君说，他对于寻常宾客是从来没有迎送的，话中的意思是要我了解今天算是受了非常的宠遇。

第二天晚上，传单都已印就，参谋处送来一张行军中宿营地表，大军准备明天起程西征。

西征的原因，是因为当时甘肃军务督办陆洪涛年老多病，沉滞病榻已经半年多了，部下一位甘肃陆军第一师第一旅旅长李长清，觊觎陆氏第一师师长的兼职，演出了一出逼官的趣剧，于是陆氏被逼东走。第二旅旅长黄得贵是一个绿林出身的豪杰，为知遇之感，自己带了一营骑兵，护送陆氏出境，但是当他反旌兰州的归途中，他所有驻兰的队伍，完全被李长清缴枪改编了，黄得贵既然成光杆，只好率领残部，落荒而走，奔避到靖远县。李长清于是就自称甘肃陆军第一师师长，在兰州城内，关门称王了。当时北京政府接到这个警报，想借用冯氏的威名，去镇压陇西的反侧者，所以任冯氏为甘肃督办。在冯氏，当然不愿自己远贬西陲，而放弃支配北京的政治地位，同时却也不愿失了甘肃的地盘，于是乎刘氏以甘肃总指挥名义，奉命西征。

甘肃的政局，是这样分裂和浑沌，当时回族五马，各自占据防地，沉机观变，其态度非常暧昧。陇东镇守使张兆钾和陇南镇守使孔繁锦，当然不愿外兵入境，就和李长清相默契。刘氏以一师兵力，向着这纷乱的中心前进，辽远的行程，接应非常困难，同时还要通过居心叵测的地方小军阀的防地，随时随地几乎都有被邀击的可能，所以这次行军，是严重的战备行军。行军的行列，共分七个梯队，每个梯队配备一团的兵力，师司令部是第四梯队，以通信队两连，炮兵一营，迫击炮一营，交替着担任警卫的任务。这时一二三梯队，已经次第出发向五原前进了，所以师司令部也准备明晨启程，向西推进。彻夜的灯火，副官们都忙碌着装载着大小接济，在这万里长征的前夜，我的心境为一种兴奋的情绪支配着，转侧不肯入睡。

晓日朦胧，淡雾尚停留在城楼上，大军向西进发，骡车络绎缓缓地出了包头镇西门，我坐在车前，有一种不可解释的胜利之笑荡漾在面上。出了西郭，经过一条小岭，是一片平坦的沙原，车轮碾动一路的碎石，发出一种令人感觉不安的声浪，首尾衔接的骡车队行列，延长达二三里，车尘涨天，使人呼吸困难，笨拙的骡车，进行非常缓慢，大约离开包头有五里路的地方，忽然间有一骑快马，飞传命令，"全部折回包头。"这个晴天霹雳样的命令，使我们都觉得十分惊诧，我们怀疑着前途发生了什么变化，后来才知道是中途接到了冯氏的电令，要刘氏待命出发，于是乎我们重新走入了包头镇的西门。日影尚未过午，白云懒懒地在天上移走，我们似乎被一种莫名其妙的失败和沮丧所袭击。

在这几天中，我们真是一无所事，变成了无聊的闲人；惟有天下的闲人，都会咒咀太阳走得太迟慢，我们对于这些沉闷的光阴，始终没有想出妥善的消磨方法。有时到卑湿龌龊的戏院里去看一回旧戏，但是也不感觉兴趣。

刘氏应冯氏的电召，从张家口回来，大约一切都已接洽就绪了。一二天后，我们又重新出了包头的西城，正式开始了辽远的长征。

从包头往五原有两条路，南道是沿着阴山的南麓西进，北道是转过阴山的北面，沿北麓西进，我们这次所取的路线，是由北道向五原进发；因为北道虽然荒凉，但是比较简捷。

日光渐渐黯淡，阴山的巨影在云雾中暗藏着，隐隐地呈露出阴森的面目，中国的诗人，两千年来，惯用"阴山"两字，和戍兵枯骨，闺妇残梦，写在同一页的诗稿上。这是秦皇汉武导演屠杀的活剧的戏场，有多少所谓威震百世的名将，在这眼前的阴山之麓，饱蘸着千千万万无名小卒的颈血，将自己的姓名，写在历史上，这就是所谓英雄的事业。然而到了如今，一切都不曾遗留，所遗留给后人的，只是一些感慨和虚空。

骡车在沙原上缓缓地向着巍峨的阴山接近。蓦然间，天气剧变，一阵狂风，卷起了满天的尘沙，天地陡然归于晦暗，在这荒凉的原野，更觉得阴惨逼人。

完毕了四十里行程，宿营在阴山山麓的蒙古喇嘛寺附近，地名昆都伦照。队伍都搭下了营帐，我们搬入唯一的土室内，争得一席之地。寒风继续地吹着，一种突然凛冽的寒气，令人不敢走出土室一步。

土室内和我们同住的，都是刘氏的便衣随员，他们都有远大的前程，预备在皋兰山前，建筑荣华富贵的王国。这些未来的贵人，不是刘氏的姻娅，就是刘氏的故旧，其中有一位张中和，名刺上刻着陆军少将的头衔，从一言一笑里，都可以看出他是官僚的油锅中炸过的麦花；还有一位姓刘的，是一位年过四十的胖子，一味喜欢唱大面戏。这样肥胖的身体，唱大面戏，当然是最得体的，如果他要是偏偏喜欢唱花旦戏，这个结果，我真不敢设想了。这时他坐在炕上，继续地哼着《探阴山》，我们都有意无意地听着，门外是兵士造饭的一片喧闹声。

近晚风势略住，我和钱君出去散步，四望旷野，除了喇嘛寺和土室以外，再看不到其他人类的建筑。信步向南走去，转入一条深沟的里面，忽然看见沟的两旁密密地嵌筑着板门纸窗，接连地有半里多长；原来这里是一个地平线下的村庄，他们穴居在沟的两旁，过度着蟹的生活。在这寒风凛冽的绝塞上，为生存而和自然猛烈地奋斗，甚至于钻入地底层，人生就是这样，为保持生命而和一切敌人酣战。在这些事实的前面，厌世派的文学家，是没有插嘴的余地的。

天色黎明，凄厉的号角声，惊醒了我们的酣梦。寒颤的语声，从门外传来，兵士们正忙着收拾营帐和行李，驼铃丁当声，骡夫驾车声，杂然并起，死的大地，突然现出活跃的气象。传令兵王庆喜给我们打了一桶菜汤和几个黑馍，草草地完结了早餐。我和钱君为取暖计，就步行出发，走了十里左右，晓日映照在山前，寒气渐渐暖和，在晨光中，自然界的一切，都带着蓬勃的生气，我和钱君都感觉兴奋和愉悦，有几位军佐和我们结伴步行，沿着一条溪涧向阴山深处猛进，溪水绿油般地向东南流去，和我们背道而驰。

从一座临时建筑的木桥上横渡了溪流，走了几里崎岖的山路，到达一个山村，这是我们预定的尖站。在这山村里，除了麦饼和哈德门香烟以外，我们再找不出其他商品。等了一会，后面的队伍齐来了，最前头是迫击炮营，其次是骡车和大车，再次是几百骆驼所驮载的接济，最后是炮兵营和通信队，于是乎人喊马嘶，几乎闹翻这静僻的山村。

渐渐地绕到阴山的北麓，道路由崎岖而渐归平坦，经过多少草泥的淤潦，在日色平西的时候，到达了我们的宿营地土黑麻井。这是一个阴山北麓的小村，住户约三五十家，在这里，我们可以买到一些牛羊肉，以及卷烟砂糖之类，真是出于我意料之外的安慰。

晚饭以后，我独自晚眺，倚岫的夕阳，反照在荒凉的小村上，反照在村外的营帐上，反照在村外的原野上，整个视线中，是一个深红的宇宙，行军灶的炊烟，袅袅地直上天际，大地是静悄悄的沉默无声，我怀疑眼前的景象，是名画家一幅晚景的杰作。

离开了土黑麻井，向寂寞的荒野前进，我坐在车上看书，但是车身的震荡，使我眼前只有一块黑花摇晃着。我于是下车步行，同行的是牧师丁君。在当时，国民军中凡是旅部以上的司令部，都派有一位牧师，散布着救世的福音，薪水每月是六十元。这位丁君，是一个俊秀的青年，出身燕京大学神科，我们在张家口被徐香圃误请去吃饭那一天，他也在座上，所以我们初到包头时，他就认识我们。加以国民军的长官，对于我们，每每作牧师一样的看待，在行军中，常常被指定在一处住宿，谈话的机会，因此甚多。但是我们各有一个不同的信仰，这条唯神和唯物的鸿沟，使我们的感情始终停滞在若即若离之间。一路上，我们所谈的，都是些风俗人情无关紧要的谈话，双方似乎都矜持着，不谈宗教和革命的问题，这是我们双方都完全明白的，如果一谈到这些问题，我们间所有埋藏着的冲突性，就会立时爆发出来的。

日暮，宿营在大佘太，在这里有一所设治局，预备十年生聚之后，将该地改成县治，但是大佘太四周的环境和镇内的状况，不允许这种计划容易实现。在中国现状之下，这种计划，本来是谈不到的，当我们看到帝国主义，造成一个殖民地市场的时候，自然觉得可以艳羡，然而新市场的建筑，其成功并不在野心政治家的悉心掠夺，而在于帝国主义国家的生产和资本的过剩，为寻找危间，当然地造成了新市场。至于像中国这种经济和政治的情形，在帝国主义的束缚没有解除，革命的政权没有确保以前，只有盲人可以高嚷着建设，不然，定是一件另有作用的政治骗案。

队伍都露营在镇外的旷地，副官李禄贞给我们找了一家客店，和牧师随员们同住，在马粪燃烧着的热炕上，我们安酣地度过了这客中的一夜。

从大佘太往四柜，路程较远，所以起程也较早。经过了一片草地，越过了一条山岭，渡过了黄河的支流，走入所谓“膏腴之地”的河套。红日已下西山，远远地看到一泓绿水，曾经到过河套的旅伴告诉我们，这临水的村庄就是四柜。在那时，我正在饥饿疲劳中，看到这映入眼帘的宿营地，简直和哥伦布发现新大陆的第一瞬间发生同样惊喜的心理。

四柜是个小村庄，年来因土匪的骚扰，客店颓废已久。杨参谋长命我们和侦探队长陈宪武同住一个篷帐。夜餐后，全梯队皆灭烛就寝，行营因静寂而更显肃穆的气象，幽廖的寒夜，只有卫兵叱问口令的声音时时惊醒了我的客梦。

从四柜到五原，计程约八十里。我们到达五原时，天色已经黑暗了。万家灯火，街头巷尾一片辉煌，使久客塞外的羁人，都会承认这里是河套的上海。自从冯玉祥五原誓师以后，这五原的地名，更给西北人民留下了深刻的记忆。

在五原休息一天，因为五原是哥老会势力支配下的城市，所以我们对于这问题，自然不能不加以注意。我们也曾出去散发些告哥老会的传单，并且对群众讲演国民军对于哥老会的态度。

五原的城郭埋没在车尘中，大军向西南进发。第一天，宿营在邬家地。这一带都是有名的膏腴区域，而且便于灌溉，但是地旷人稀，地价每亩仅需五角。这时，冯氏尚在进行移民垦殖的计划，山东方面已经有许多贫民迁移到五原来，他分配给贫民以官有的荒地，给与移民以种种经济上的便利，每家准向公家借牛一头，并洋一百四十元。然而这计划在不久之后，就被混乱的政局一击变成粉碎。冯氏一生，始终想在浊浪排天的破渔船中讲求补网的办法，所以什么也没有收获，只捞取了无数的遗憾，但是无论如何遗憾，仍不失为当然的报应。

从邬家地出发，半途中阴云密布，天上微雨霏霏地下着。近晚，渐渐云收雨霁，到达了杨福来。杨福来本是一个大地主的名，他有地万顷以上，牛羊成千累百的蓄养着，他现年六十多岁，以数十年的经营，使自己的姓名变成地名，测量家明白地写在地图上。我们这天就住在他的家里，居室非常隘陋，是普通农民住宅的规模，和他的经济地位，很不相称。阶下门前，秽臭不可响迩。我几乎怀疑这小有天下的国王，所有的财产，只是些累积成堆的牛羊粪。由杨福来到临河，这里也有一所设治局，在我们未来的前数天，曾经一度被土匪占领，后来听到国民军大队西来，他们才闻风而走。

从临河向西行，走过一座木桥，桥离黄杨木头二十里，从这木桥以西直到粮台地方，二百里间所有的土地，都被天主堂所占有。神父是比利时人，蔚然为这二百里内的统治者。他把握着经济和信仰的秤纽，强迫佃户全家加入天主教，同时教堂保有相当的武力，可以任意逮捕区域内的人民，加以审判，这是中国政权瓯脱的领域。从前有一队美国旅行家在内蒙倦游的归途中，投函上海西报，谓“河套附近，有一个独立的小共和国，尚未为人世所知，”就是指着此地而言。这事的起源，据说在光绪庚子年以前，比国神父就在该地传教，后来因为有一个教民被蒙古人所杀，神父当即向蒙古王公提出黄杨木头到粮台一带土地，割让给教堂的要求，同时恫吓蒙古王公说：“你如果不答应，我自己到北京去对大皇帝谈判。”蒙古的王公，本来可以代表世界最阘茸的人类的，于是乎这一片土壤，就在世人懵懵之中，被比利时人占去了。当我们开始听到这种情形时，都似乎不胜其愤愤，但愤愤终于不过愤愤，因为这是整个的政治问题的一部分。在此一年以后，听到李鸣钟曾派人去交涉收回，并宣言天主教神父，如果不自动放弃其不合理的权利，将以力量相对待云云。但是以后结局如何，我已经不能记忆，迷离的政变，使我许多见闻，从模糊恍惚中消失去了。

到补龙淖，我们住宿在天主堂附近的一个教徒家内，天色尚未入暮，我和钱君同去教堂游览，在荒芜满目的河套上，看到这样壮严灿烂的建筑，使我们暗暗惊奇欺骗者力量的伟大。这是河套的农民血汗所堆砌成的脏物，伟丽宏富的经堂，四壁都悬挂着宗教上名贵的画象，我们可以意想着，在这神圣的讲台上，每天必有一位舶来的骗匪，任意说诳哄吓着低能的男女，用无凭证的死后的幸福，来索诈现实的金钱，这是罪恶么；这是妖异的魔术者所玩的恶剧。

在野外晚眺中，听到天际缭绕的钟声，有一种渺远的感想，游丝样在心境中萦回着。炊烟徐徐遮护了补龙淖全地，天西一角尚残留着暗红的暮霭，远地微闻人语声、驼铃声丁零地随风传来，这是一个含有诗意的宇宙。但是当我们回到村内的时候，喧闹的人声使我们又回复到平常现实的人生意境中了。

晚上，我和钱君坐在屋上赏月。因为今天是中秋节，天无片云，月色更加清朗，我们闲谈着，消磨这客中的清夜。最有趣的是钱君叙述他本乡的风俗，他说："我们县里的女人，在中秋节，须到孔庙，将庙祝所种的南瓜偷偷地摸一摸，称为'摸秀'，只要摸了秀，生出来的儿子，将来就可中秀才。"我听了不觉笑着说："据你所说，吴佩孚和陈炯明，都是孔庙里的南瓜来转世的。"他也笑了一笑说："那一定是和马桶一般大的南瓜。"清露沾湿了我们的衣裳，万籁都寂静了，惟有明月，冷落地送我们下屋就寝。

晨气带着凉意，我们向粮台行进，走过一片荒芜的草原，野兔常常突兀地从路旁惊起，窜入高可没人的芦丛中去。我似乎懊悔这次没有带着猎枪，不然，就可以开始短时间的打猎生活。其实这种渺小的生命，在天地间自生自殖，与人无所竞争，但是人们偏偏以杀生为娱乐，这种残忍的心理，不知在什么时候固定在我们的血液里的。

黄河溶溶地流着，露珠映着朝暾，凝结在苜蓿草上，走过了草原，就是一片沙地。在这里，我们所看到的，只有闲闲的白云，在天上移走，几丛短短的红柳，生长在沙堆上。我领略了这"河套之秋"，这眼前的景象，真使我怀疑人世间是否有所谓繁华的都市。

这天晚上，在粮台露营，夜气甚寒，我夜中起来小便，白露在地上凝结着，月光映照在卫兵的枪刺上，熠熠地生出光芒，一片灰色而锥形的营帐，静寂在明月之下，却似一丛乱冢。营帐虽然不是乱冢，然而在中国的兵士，当他们第一次睡宿在营帐里时，可说已经把他们的一生埋葬在里面了。

在邬家地时，听说第四旅旅长孙良诚有事从五原骑马追上来见刘氏，路上看见一个便衣随员，引吭高唱着大面戏。他于是告诉刘氏，刘氏就通传军中，以后全队人员，不得离队参差乱走。这是当然无疑的，大家都知道是那位姓刘的胖子，在演唱他的杰作，许多军佐，都背后抱怨刘胖子。但是这个禁令以后就松懈了；因为长途行军中，纪律的通融，可以减少疲劳，而且在这旷漠无人的区域，这种形式上的风纪，本来也可以放弃些的。从粮台向磴口行走，远远地只见沙山沙梁，高接青天，四十里后，渐渐地走入沙漠，两足陷入沙内，其深至于没踝，今天我偏偏超越了队伍，独自先行，意思是希望早到磴口，可以大嚼一顿，因为从五原出发以来，除了黑馍菜汤以外，我没有吃过其他食物，所以在这沙漠中，我是孤独地走，人已疲乏了，勉强蹒跚地前进，走了半天，路上始终没有碰见一个人。我才怀疑自己走错了道路；果然，我走入迷途了，因为寻遍了前后左右，看不到一个人的足印。我于是爬上了一座沙墩，向四面瞭望，但是这黄色的世界，沉寂地依然不见人踪，蓦地里，看到二三里地以外，有一片草地，旁边一间土屋。于是我努力向这土屋走去，饥饿和疲劳熬煎着，更加沙深难走，这二三里地，使我当作十几里的行程看。勉强振作了勇气，走到土屋的门前，有十几头牛，在草地上顾自啮草，一个中年男子，在室内锯着木头。在这时，我觉得问路到是第二问题，当前的问题，是在解决腹中的饥饿。乞食真是人类的本能，于是我很从容地，开始有生以来第一次乞食了。我站在门前，和气地对他说："喂！老哥，我走错了路，饿极了，你能给我一点馍馍吃吗？"他抬起了头，对我打量了一番，带着惊奇的神情说："我们吃的是牛奶饼，你能吃吗？"我说："好的，请你给我一点。"于是他放下了铁锯，在破橱内拿出一块厚约二分，和面盆一般大的牛奶饼给我，我吃了半块，精神大振，将其余的半块，掰碎了纳入衣袋，然后再问他："这里离往磴口的大路，有几里路？"他说："向东走七八里，就是大路。"我于是道了谢，向东前进，走上了一个沙墩，远远地看见了一道长达二三里路的黄烟，我知道这是我们队伍的车尘，就毫不犹豫地，对着黄烟的方向走去，但是我的两腿，已是疲乏得重如泰山了。

我坐在大路旁的沙堆上考虑着设法去找代步。在这沙漠上，坐车当然是无望了，就是空车，车轮也要没入一尺多，至于乘马，军中又没有余马可骑，如果请他们让给我骑，这又非人情所许的。我这样失望地思量着，预备休息一会，再蹒跚前进。忽然有一传令兵，押着二三十匹骆驼，远远地招呼我说："黄先生，骑骆驼不骑？"我听了，不禁喜出望外，就问他："有骆驼空着吗？"他含笑回答我说："有两个空着。"我于是连忙跑到一匹没有驮着行李的骆驼前面，他将绳子向下一拉，骆驼就慢慢地跪将下来，我跨上了两个驼峰的中间，拉着缰绳，一声吆喝，这畜生就缓缓地起立，将我的身子，凭空举在天空，恍如坐在屋栋的上面。本来这充满着女性的巨兽，是沙漠的动物，足底生有肉垫，适应着沙漠的环境，不像骡马等畜类的硬蹄，容易陷入沙内，所以它在沙漠上走，只显出稳妥和轻快，这真是世界上最忠厚而没有反抗性的奴才。庞大的身躯，所谓虚有其表而已。历史的长期征服，使这些生物，忘却了自己生活的独立存在，却为人类的生活而生存着，这是如何可以感慨的事情啊！

到了磴口，我命王庆喜将行李搬入客店里，就和钱君一同出去买了些牛肉裹腹，同时我把剩余的牛奶饼，送给钱君吃。

磴口的居民，多数是回教徒，他们因为厌恶猪肉，同时厌恶到吃猪肉的汉人，他们平时将井盖锁将起来。过路的汉人连讨一杯冷水，也被拒绝。在他们看来，汉人的嘴，比什么也肮脏，所以从北入陇的旅客，到这个区域内，甚至于有因此渴死的。回汉两民族间，尝因此种小故，酿成极大的纠纷，一百年来，甘肃不断地发生回汉冲突，直到现在，仍在一触即发的状态中。这两个民族间的冲突性，却隐伏在日常生活的饮食上，就是吃猪肉和不吃猪肉的问题。听说在金积县方面，汉人甚至不敢明目张胆地拿着一块猪肉在街上行走，而都用一块布包着，偷偷摸摸拿回家去，不然，被回教徒看见，就会被包围攒驱。至于杀猪，必须在家内用布塞住猪口，然后屠宰，否则，回教徒听了猪的哀鸣声，不约而同地会破门而进，加以攻击。这种历史所造成的民族隔阂，我想是很不容易消除的，今天此间井上所有的锁链，完全开着，兵士们都在纷纷地担水造饭，这不言而喻，又是汉人军队刺刀的威力所致的。

磴口附近有许多泥潭，表面上仍是干泥，人们走到这泥泽上面，两足就会霎时陷入泥内，如果是机警的人，立刻将身卧倒，横身滚将出来，就可免了危险，否则，越是挣扎，越向下沉，不久就会没顶，于是永远埋葬在淤泥的底层了。听说这次有个骑兵，连人带马堕入这个天然的陷坑内，世界上，就此损失了两条生命。

从磴口沿黄河南进，所过的是一片沙碛地，荒廖不见人烟，在这里，人们才知道天地的宽阔。沿途时见野生的甘草，一丛丛滋长在沙地上，然而一茎一叶之间，都残留着先行部队骡马啮食和践踏过的痕迹。这种微小的植物，与世无争，生长在这荒僻的原野，然而终也不能逃避政治劫数，在嚼环和铁蹄之下，深深地留下了蹂躏的创痕；所以人们要想离开现实的社会，去寻求世外的桃源，这只能说是一种妄想，政治是无孔不入的逻骑，能够追捕一切遁世的弱者。

河拐子只有一所颓废的土堡，堡外黄河缓缓地留着，隔岸山色，隐隐在云表里，堡西黄沙连天，无涯无际。在我们眼前这个神密的境界，一切只有空虚和廖阔，这是最适于中世纪骑士的文学背景。在夕阳映照中，高低的沙丘，都闪耀着黄金色，晚风吹动军旗，河岸的号角声，隐隐飘入天际，一片黯灰色的营垒，在军令之下，静悄悄无有声息，更显出肃穆而森严的景象。通过了石嘴子，这是绥远、甘肃、陕西三省的冲要地，过此以南，人烟渐渐稠密，但是市场上，只有哈德门香烟，是比较近代的商品，其余都是些农产品，弓富魁的部队就是在此地，被石友三缴了枪的。

在下营子，我们住宿在一家商铺内。掌柜的告诉我们，镇内有一位姓周的绅士，是前清的武举人，数十里内，一切大事小事，都可由他一言取决，人们只知有周某，不知有官府。在农业经济的社会里，乡村政权，本来都掌握在豪绅的手里，这是无足怪的，何况在这种偏僻的边地，那是更不必说了。实际上甘肃方面整个的政权，几乎完全被这些豪绅所割裂，地方政府不过是一种形式罢了。

从下营子向平罗县出发，渐渐离开了广漠无人的区域，而接近了长城。我们时时向路旁的村民，买取新熟的葡萄，因为买的人多，价格都一时抬高了。

这一路上男女老幼，都在路旁看赛会般的，看着我们队伍过去，但要是在平时，当有军队通过的时候，是不会有一个人敢大胆地站立在路旁的。在路上，我每每听到他们提起西军——回族军队，就和夜深谈鬼一样，畏惧得会飒飒地颤抖。据说，这个“左手拿着可兰经，右手拿着刀剑”的民族所成立的军队，大军所过，人民的财产，除了土地和猪以外，一切都会随军出发。所以西军经过的地方，沿途村落，人民逃避一空，立刻陷入坚壁清野的状态。在这种比较之下，甘肃的人民，看到国民军这种军纪严肃的队伍，自然是欢迎的，所以我们沿途处处可以看到军民相习的气象。

平罗县的城楼远远在望，危楼杰阁，使我的眼界为之一新。渡过了城外的沙地，就进入北门，街道上的景象，却是非常萧条。我和钱君，在街上散发了些告甘肃民众的传单，同时给他们讲演国民军将与民众结合一致的意思。在这僻陋的小县里的人民，当然不比近年以来久被欺骗的东南民众，听到宣传者的讲演，就感到头痛。于是好奇的群众，包围了我们。忽然一辆精美的骡车驰过，前后拥护着十多个壮勇，这些壮勇，一色都是清朝的打扮，他们穿着大袖的黑色短褂，短褂的前后，缀着红布剪成的“亲兵”两字，两匹光黑的健骡，也声势赫赫地曳着车向前飞奔。这些富有历史意义的亲兵汗流浃背地一路蜂拥着骡车飞跑，端坐在这车中的，就是平罗的知事。这时，他是前去谒见刘氏的，群众潮一样地让出一条大路，让他们通过。我真荣幸，能够在这时领略了县太爷的前朝威仪，然而钱君已是忍耐不住了，他高声对群众说：“你们知道这骡子拉着的是什么？”群众都笑了，背后有一个人带笑说：“这是轿车。”钱君两眼突出，高声说：“不是，这是一口棺材，这棺材里面，殓着一个骸尸。”群众听了，似乎显出又疑惑又惊奇的神情。接着，钱君倾了满腔的愤气，他很浅近地叙述如今已经不是皇帝的时代，是民主主义的时代，所有皇帝时代一切仪式，都在扫除之列。皇帝的时代，在中国已经死去了十四年，所以现在车内的骸尸，就是十四年前死去的骸首。这些偏急而犀利的谈锋，在平罗县的民众中，会认为是一个天外的霹雳，他们从祖宗以来，从未听见过这种荒诞的谬论，他们或许会将钱君看作一个疯人。因为这位知事，据说从光绪三十三年上任大吉以来二十年间，无论政治如何变迁，平罗县始终在他治理之下，而且县民都爱戴他，甚至于称之为青天，这真是一种有深长意义的现象。

经过了李刚堡，眼底的贺兰山脉，莽苍苍地绵亘在西方，我们于是到达了西北重镇的宁夏。壮丽的城楼，高矗云霄，保持着中世纪神秘的伟大和庄严。在这历史的建筑物前面，我们容易联想到当时用弓箭长戟的战争情形。九百年前，这里是西夏王赵元昊的首都，所以直到现在，还保有坚固的城墙。城内的街道，非常清洁，满街上只见白布包头的回教徒，回教堂和清真馆，占了城内不少的面积。在清朝的末叶，回族对汉族起了一次残酷的仇杀，当时左宗棠督师西征，曾经闭了城门，搜杀回教徒，几乎至于靡有孑遗。然而不过几十年，宁夏城依然成为穆罕默德所支配的城市。在世界民族中，回族的繁殖力，真是一种令人咋舌的事实。

刘氏的行辕，在余公馆内。在宁夏，除了马福祥将军府以外，算是第一幢大厦，我们住在第二进内，仍然是和丁牧师，以及便衣随员们同住，全军预备在此休息三天，更向兰州前进。第二天，我和钱君共同起草着一种传单，因为传单中有一句词句，发生疑义，我们各执己见，激起了剧烈的辩论，唾沫横飞的丑态，和尖刻无比的语调，使旁人都惴惴然惟恐我们所有的友谊，归于决裂；然而到了辩论终止的时候，我们似乎都忘却争辩这一回事了，就亲密地同去游玩。今天也是这种情形，我知道，我们这种行为，在他们只有惊诧，而永远不会深切了解的。

传单付印了，我们除了看书以外，真觉得无事可做，随员们也都感觉无聊，室内非常沉寂，丁牧师看着他关于天堂地狱问题的册籍，只有刘胖子，哼着《黑风帕》《打龙袍》一类大面戏，同时他从容的断续地泄着下气，裂帛样而低音阶的皮肉颤动声惊动了四座，这种杰作，当然是他食量过人所致。我勉强忍俊着，恐怕笑出声来，未免难以为情，但是一种难以抵挡的痒，在胸部骚动着，同室的人，似乎都在同样为难情形中，目光都回避着不敢互相接触。有一位李君，故意说了一句笑话，于是全室如决堤一般的哄堂大笑了，刘胖子也莫名其妙的汩汩地笑着。但是我们，实际上都没有承认李君所说的笑话有滑稽的风味，只觉得李君是个聪明人，轻轻一语，将我们从万分为难之中援救出来。

梁冠英团，是第六梯队，在我们到后第三天也到了宁夏，露营在魁星楼附近的空地上。在这里，他算是我们相识较久的朋友，所以我和钱君同去看望他。不过在当时，我们的关系，尚是在初交的友谊中，随意谈了些路上情形，就兴辞出来了。

从宁夏出发，一路上人烟稠密，我和钱君，沿途向群众讲演国民军军纪的谨严。我们是革命的宣传者，然而在这时候，我们却纯粹做了国民军的宣传员。当时我们都有一种成见了，以为帮助国民军，就是帮助革命，这种含糊不清的观念，自己也不知道合于何种逻辑。而且这种成见，跟着工作的历史，与日俱深。我们有时几乎会忘却自己的立场，而成为国民军所雇用的喇叭吹奏者。这种幼稚的意识表现，自然是我们没有深切了解军队中革命运动的意义的结果。我们只有一味尊重军事领袖的意志，希望逐渐地影响他们走上革命的道路，于是乎甚至于获取他们的欢心，而替他们做着毫无政治意义的工作。在路上替国民军宣传宣传纪律，本来也不算什么，可是我想到这事，却发生了许多感慨，因为在当时，我们几乎承认和这种相类似或者更没有意义的工作，都是革命的工作。

在王太堡，我对着群众讲演时，看见一位老人，老泪纵横地从人群中走上前来，我急忙问他："你老人家为的是什么？"他拭着泪对我说："从同治以来，我没有看到你们这样好的军队，先生！我提起西军，"他向四面略略张望了一眼，继续对我说："天爷！真是比土匪不如，他们走过的地方，随地敲诈劫掠，女人们更远远地躲避，人民偶然支吾，马鞭子就立刻打来，那能像你们的军队一样，在大路上头都不侧一侧，唉！好军队！好军队！从同治以来，我没有看到过。"他说到这里，更哽咽了。我安慰了他一番，在离开了王太堡而向王宏堡进发的途中，我觉得有一种悲愤的情感紧张着。

在阴山惨澹的近暮天气，我们到了大坝，这是一个死气沉沉的村落，深黑的沟水，围绕着寸草不生的土山，全村十九是颓墙败垣，呈现出一种久经兵燹的衰象。

第二天到达了广武城，广武城是一个古堡，堡外老木参天，红叶在地，我们沉浸在这恋人的秋色里，从开始长途行军以来，我没有领略过这样动人诗思的景色，但是我终于无诗，因为所有吟风弄月的雅趣，久已被我的思想和生活所烧毁了。

从雷家沙窝向石空堡行进，计程一百二十里，从黎明走到黄昏，我疲乏得眼花头昏。在路上逢着行人，每每问讯离石空的路程，但是有时他们告诉我们还有三十。走了半天，再问时，反说还有三十五里，这些方向并不错误，而目的地反是越走越远的趣事，在北方是常常会遇到的。

中卫县的城郭落在眼界中，依然先见壮伟的城楼，这些观瞻，使我怀疑黄河上游的文化，完全钟毓在城楼上。从丹垩如新的雉阁和护心雕栏中，更可以看出过去时代的人们崇拜战争和赞美战争的心理。

在南门外扎下了营寨，斜日犹未近西山，中卫县知事出城来谒见刘氏，两名亲兵，都辫发长垂在车前奔走，内中一个亲兵，高捧着长达五尺左右的旱烟杆，另外一个，拿旱烟袋，从这副稀奇的仪仗里，我们可以推测甘肃一般的政治状况了。

后来杨耀东告诉我，知事赵某，是旗人，任中卫县的七品正堂已经十余年了，他的父亲长庚，曾经荣任陕甘总督，我这才了解他有这样大的来头。

在中卫县休息一天，即向沙坡头出发，曾经尝过沙漠中旅行滋味的人，听到这种地名，自然会预先皱着眉头表示厌恶的。日色平西，就到达了沙坡头，这是一个后依沙山的小村，黄河在村前湍急地飞奔着，水声怒吼如雷，当夕阳下山时，混合着马嘶声、号角声、人语声，另成一种悲壮的情调。

翌晨人马出发，部队都爬越沙山前进，仅仅师司令部的军官佐，乘船逆溯急流而进，方头的大船，十多个人拉着纤，平均速力，每小时不过两里，一步一步沿河前进。北方人真可说只是陆地的英雄，有许多军佐，在浪花飞溅中，就惴惴然恐怕葬身鱼腹，动作不知不觉拘束起来了。走了十多里，已经经过了沙坡，舍船上陆，沿着山沟西进，到达了称为长流水的山村，村在众山之巅，风毫无阻挡地吹入我的衣袖，入夜，更觉得寒风袭人。

在长流水，刘氏接到了李长清的欢迎电，就先行兼程前进，所有梯队中一切事务，由杨耀东完全负责。原来刘氏在路上，曾经有好几次打电话给李长清，请他暂时维持兰州秩序，借此试探他的口气。但是始终未得复电，大约因为电中称他为李旅长的缘故。后来刘氏改称他为李师长，于是乎李氏复电欢迎了。在一碗泉和乾塘子这种地方，所得的印象，使我常常引用此种印象来注释旅行的困苦。大军在大沙山南部分支中通过，阴云密布在天上，白雪飘飘地飞上客衣，人们都颤抖着匍匐前进，车轮深深陷入沙内，喧闹着一片骡夫吆喝的声浪。

骡马都口吐白沫悲嘶着，不断地喷出蓬蓬热气，无情的鞭策，使这些疲劳而无可告诉的畜生，一步一步向这绵远的行程挣扎前进。然而这是骡马铁铸的命运，当一匹初长的小驹或小犊，第一天羁轭加在身上的时候，命运就决定了。鞭策跟着它们，走遍天涯地角，直到变成一堆白骨，才恢复了自由。我从骡马身上，想到在“生活之鞭”的威力下的劳动者，我热血奔腾，几乎忘记了天在下雪。

乾塘子的临时兵站在唯一的破店内。天井中满排着几十只水缸，缸内的水，都带着一种羊膻气，因为乾塘子附近，无水可觅，兵站里的水都是雇着许多驴子，用羊皮袋在四十里外的黄河内驮来的。这天，我就没有洗脸，在这里，使我们更了解水和人类生活关系的重要。

由一条山路西进，都是满目荒凉的地方，我们不会相信，这是接近省城的区域。

途中看到居民在很深的矿洞中挖取沙石，我们不知道他们作什么用途。后来他告诉我们，说是铺在耕地上的。在甘肃的土地，大半都是这样；如果在耕地上不铺这些沙石，一切作物，就不容易生长发育，于是这穷山苦水中的居民，生活更加困难了。

沿途所看到的农作物，除了小麦以外，只见满坂的罂粟。这是大英帝国赠送给疲惫的中国民族的兴奋剂。在中国，这种杀人的毒物，在政府冠冕堂皇寓禁于征的口号之下，公开地贩卖着，于是在农村经济中，留下了一种极大的危险性。譬如在甘肃，有许多农民，因土地太少的原因，全赖种烟为生，如果官厅无计划的绝对厉行禁止鸦片，这些农民，就一时不容易生活，同时，官厅方面，因为全省每年全收入四百万元中，鸦片捐税却占了一百五十万元，所以不敢再谈禁种鸦片的问题，于是官民互相回护着，做着鸦片的买卖。所以甘肃的政治问题，也每每以分配鸦片烟税为中心问题了。

从水伯河出发，天尚未明，此地离兰州仅六十里，我和钱君沿着山沟前进，天色昏黑，山径仅能稀微认识，不意走错了道路，迷惑在万山丛垒中。放眼四顾，静寂地四无人声，只好认定方向，沿着羊肠鸟道走去，直到近午，才走到一条山沟，我和钱君认着骡马的蹄迹而行，到了日影过午，走到一个山村，由村民的指示，方始走入大路。忽然看见我们队伍，正在山口的村庄内打尖，我们不禁大喜过望，但是计算行程，已经多走了四十里，两腿也酸而且软了。

隔岸隐隐望见兰州的城郭，同行的伙伴们，都惊喜地互相奔告。自然，这是一种应有的惊喜。四十三天以来，我们历尽了千山万水，饱尝了雨露风霜，在这一刹那间，这最后的目的地，已经呈现在我们的眼前，不怕再会飞出视线以外去了。我们将从此暂时结束我们旅行的日记，而开始安定的生活。人类最愉快的时候，就在一种希望将要达到的一刹那间，所以无怪乎刘胖子又在前面高唱大面戏了。

黄河奔腾而过西郭，向东北流去，有一座大铁桥，长虹样卧在河上，这是前清陕甘总督升允所建筑的。我们走过了铁桥，进了西门，直奔督办公署，刘氏已先一日进城了。兰州城表面非常安谧，并没有政治变迁的痕迹。

督署的大门前，并峙着两株高入云霄的大旗杆。这是明朝肃王府的旧基，清朝是陕甘总督衙门，所以规模非常宏大，几乎占了兰州全城五分之一的面积。我走进大堂，大堂上排列着枪刀矛戟这一类的武器，前后密悬歌功颂德的匾额。走过了二堂，寻着我们暂时住处，却是在西偏院内，和参谋处同院居住。在这里，听说军务帮办兼督署参谋长蒋鸿遇，早已先刘氏进城来了，他本是冯氏的参谋长，这次突然来甘，算是一个新鲜的消息了，因为我们在路上，简直是惘无所闻的。

传令兵将行李打开在炕上的时候，忽闻同室的随员们，都用征求同意的口气说着："我们援一援例罢！"大约都同意了，于是乎他们忙着准备手本。我最初不懂他们所要"援"的是什么"例"，后来才知道是指着"援例进谒道贺"而言，这样深远的意义，在我当然是不会了解的。当他们拿着手本，鱼贯出室，喜气盈盈地援例去的时候，我为一种内在的压迫所驱使，匆忙地援例上毛厕去了。

懒懒地脱履上炕，懒懒地钻入被窝，我正式完毕了三千里步行的行程，在枕上，回忆征途中所有的经历，我真不会相信自己生存在二十世纪的时代，一切历历在目的现象，只是一卷描写十八世纪前后社会状况的历史影片。我所忧虑的，就是：如果我们永远被包裹在这个封建社会的麻袋里，那末我们的思想，不知道会落伍到什么地步？

疲倦渐渐地袭来，在未入睡乡以前，朦胧中，尚听到那位陆军少将张中和的咳嗽声，和吐痰声。

兰城风雨

在督署西偏院内，暂住了几天。对于国民军中的重要人物，在这万端待理的时候，自然忙不可言。而我们，却闲得如冷寺里的老僧一样，每日只是和钱君，同去街上吃糟酒冲鸡蛋，这几乎变成我们唯一的工作。后来碰到国民党甘肃省党部临时执委田琨君，于是我们决定在这空闲的时间内，帮助他进行地方党务的发展，介绍他见了刘氏和杨耀东，从此公开地在兰州挂出国民党的招牌，开始向群众活动。在甘肃方面，本来谈不到国民党的存在，北京政治分会，虽然派定了七个临时执委，秘密地组织临时省党部，但是就中有一个是腐败的官僚，一个是劣绅，一个是土豪，一个是知识分子，蛰伏乡间不来省城，其余的两人，是紧抱着饭碗，死也不肯放松的兰州中学教员。这一批革命领袖，从党部成立以来，几乎还不知道党部的大门究竟还是朝南或冲北，只剩下一个田君，孤零地爬伏在这封建势力的蛛网之下，一筹莫展地关着门围炉革命。在这种滑稽的情形下面，简直可说党就是田琨，田琨就是党，所以我们平时常常戏呼田君为党皇帝，因为他只要关上党部的大门，尽可在土炕上称孤道寡的。除了孙中山先生的遗像外，也不会再有一个人影去干涉他。

当时，我们又碰到北京政治分会派到西藏去的党员延阔夫君，他本来是奉命随同印度王子大天明的一行，取道甘肃，到西藏去做反英运动的。可是他到了西宁之后，却被渺无人迹的前途所吓倒了。同时，这个负着伟大使命的旅行团内部，起了一种内讧，而且达赖喇嘛也拒绝他们入境，他于是趁此机会，奔回兰州城，凭他所有的交际天才，在刘氏门下活动，于是乎赫赫然作起官来，荣任了督署的交际处长。像这一类聪明异常的革命者，我是生平从来不敢加以批评的。

候补着肥缺的随员们，自从“援例”以来，张少将荣任了督署的副官长，刘胖子荣任了军械厂长，其余的也一个个都官服辉煌，气概凛然地离开了西偏院。不过几天，我们也搬到了督署后花苑内塔影簃去住，于是留在这静寂的两间低屋内的，只有了丁牧师和他的随身法宝一部新旧约。

花苑的范围非常广大，后临城堞，登城闲眺，泛滥的黄河以及北岸诸山，都历历映入眼底。苑内花草杂莳，老树参天，然而在这初冬的天气，满地的落叶，和枯萎的花草，全是一片衰败的景象，一切园林所有的美，都被无情的秋风所摧毁了。

塔影簃占据花苑的南角，曲曲的栏杆回绕着三间平屋，后院有偏门通着刘氏的休息室，有一座土山环抱着，屋外遍植桃、李、葡萄等各种花木，这是从前张广建督甘时的书斋，现在却成为我们小有的天下了。

督署的大堂，扫除了一切封建时代官衙的森严气象，刀枪才戟一类的陈列品，都已收拾得无形无踪，所以垒垒然的歌功颂德的匾额，也多变成了官长们和工匠们的床榻。这个阴黑和森罗殿一般的大堂，经半月的改造，却成为光线透明的讲堂。刘氏规定督署录事以上的军佐，每天听讲三次，所讲授的多是关于军事的课程，每周中我担任了一小时的三民主义讲演，钱君担任了一小时的国民革命史。此外时间表上，还大书特书地写着李师长讲话，但是我始终没有听过李长清一次讲演，所以这也可说是一种缺憾。

在第二师师部，我也担任了一小时的帝国主义侵略中国史和三民主义课，听讲的是师部少尉以上的官佐。上课的时间，规定是上午四时至五时。天色尚未黎明，他们都在这寒冷的电灯光下听着讲，静寂的空气，使他们始终不易抛弃倦眼惺忪的状态。我虽然尽力注意听众的兴趣，而避免讲经式的语调；但是后座的听众，终不免闭目扮着倾注全神静听的模样，而实际上，他早已一脚跨入黑酣乡里去了。这对他们来说本是无足怪的，整天地忙碌着，没有休息的时间，蓦地里从热被窝中提将出来，教他们听这些无趣味的政治理论，自然厌厌生倦而至于朦胧入睡了。我记得自己几年前，在杭州听江亢虎讲演新社会主义的一天，竟获得了一次安甜无比的午睡，出了会场之后，我对于他延长二三小时的高谈阔论，简直一点印象也没有，这些事实，都使我怀疑讲坛式宣传的效力的。

督署成立了一个宣传部，宣传员是冯氏在张家口所创办的“辅治人员养成所”的学员，他们从包头随军来甘的，共有九人。当时蒋鸿遇邀我担任宣传部的主任，但我对他申述了我对党所负的使命，仅仅限于军队中的宣传，这样就轻轻地拒绝了他一番奖拔的美意。我知道我如果真要担任了这宣传部的主任，我所有意志，就会从此完全埋葬了。

在打拉牌的时候，无意中碰到马寒禅、伍芹仙两位英俊青年，他们虽然都穿着士兵的服装，但是另有一种睥睨一切的气概。我们第一次相见，就在宿营地附近沙堆上，以后我们就成为好友。他们两人，都在通信队上充当司书生，到了兰州以后，通信队随担任署督警卫的任务，队部也驻在花苑里面，因此我们见面的时间更多。不过几天，芹仙升了营部的上尉军需，寒禅升了师部的中尉书记，为职务的忙碌，我们谈话的机会，不免因此减少，但是过去的谈话中，我们已经将他们的思想拉近革命的主义了。

在督署中，最使人无法对付的，就是那批聪明自用的参谋官，这些杀人事业的设计者，无论其笨拙得如豕鹿一样，偏也要自命为不世出的智囊，尽情地发挥夸大和狂妄的丑态。他们只希望从诡谲和侥幸中，挤上特殊的地位，所以一切言行，都被自私自利的情欲所支配着。但是谈到革命，他们却又不肯示弱，总是老气横秋地夸张他如何富有革命精神，或者说他自己在二十年前已经加入同盟会了，或者说他的父亲曾经在清末参加过某次革命的，这样一来，就证明了他是革命的老前辈！其实这些都是无稽的诳语。我寻常到参谋处里去，在这些“丑表功”的活剧之下，不知打了几次寒噤。

有一天，我坐在参谋处闲谈，有一位范参谋，是新来投效的人员，口口声声只是颂扬张勋的人格，他的结论是：“全中国只有张勋一人，抱着主义至死不变，其余的都是朝秦暮楚，无骨格的坏人。”我当时淡淡地对他说：“到死不变主张，也不一定算是有人格，如果卖淫妇到死还要卖淫，小窃儿到死也要偷东西，试问这是不是人格呢？”我这么一说，全室起了一阵笑声，使他两耳微微地发赤，过了半晌，才说：“我并不是思想腐败，我早年就加入革命，就是我到陆军速成校去念书，也是黄克强介绍我的。”我听了他的话，真觉得肉麻得要呕吐，不想到这个督署参谋处，竟是革命老前辈的黄金台，多是括括叫的合于特种登记身分的人物，挤挤满堂地望风来归，如何不猗欤休哉！然而我真傲慢，当时冷笑了一声，对他说：“如果你真以为中国只有张勋有人格，那末黄克强就错认你了！”这话一出，他突然地面红耳赤，只逼得哑口无言，我也觉得这话过于刻薄，向痰盂内吐了一口痰，就匆匆走出了。

气节廉耻，乃是三纲五常的基础，近来党国伟人，也努力提倡着。因为他们说：“这是中国民族固有的精神。”我相信这样提倡下去，或者可养成许多和张勋一样有气节廉耻的人才。从来拿玉玺的命世真主，当然喜欢人们讲究从一而终的气节和义不降贼的廉耻，因为只有这样才能拱手而治，使天下太太平平，金汤万里，开子孙帝皇万世之业。然而时代的演讲辜负了革命的伟人们维持世道的苦心，在世风日下的趋势中，无论如何提倡，结果只好使他们叹息着：“古之人不可得而见也！”

光阴似流水般过去，我们到兰州已近半月了。在11月中旬的一个午前，日光很明彻地照在纱窗，我一方面整理着案上的书籍，一方面和钱君闲谈着，蓦地里督署后院起了一阵劈拍的声浪，钱君陡然瞪圆了两眼说：“喏！枪声！枪声！”我当时却仍旧安然整理着书籍，淡然否认着说：“胡说！这是他们吃得高兴了，放着鞭炮。”原来这天刘郁芬正在宴请甘肃陆军第一师营长以上的军官，但是钱君反对我的判断，仍旧固执着说：“这一定是枪声。”这时我也觉得宴客时，放点鞭炮，未免不近于情理。当时我们都静默地侧着耳静听着，几分钟后，继续地又起了几下枪声，接着，一片历乱的脚步声，由东偏院向花苑内走来，我和钱君急忙跑到门外，只见在陆洪涛督甘时所留下来的园丁，抛了扫除落叶的竹帚，口里说着：“啊呀！李师长！李师长！”我们向月洞门方面看去，只见十几个大刀队，高举着明晃晃的大刀，押着三个人犯，转过土山去。我们知道这三个犯人当中，一定有一个李长清。这时全花园立刻陷入紧张和严重的形势中。要路上和转角上，都密布着手枪队，大刀映着朝日，发出闪闪的光芒。我恐怕我们穿着便衣，如果碰到不相识的岗兵，容易引起纠纷，不得已和钱君暂退入室内。

有一个全副武装的士兵，从门外走过，向我们看了一眼，等了一回，忽然有一杆匣子枪从门隙出现，枪口对着我们，我一看，拿枪的却是梁团长冠英，就笑着说：“你来捉拿我们么？”他看见了我和钱君，就把枪放了，笑了一笑说：“刚才席上有一个李部的军官跑了，兵士们不认识你两位，前来报告，我以为是逃犯，原来却是你两位。”说着，勉强地坐了一刻，就匆匆向前院去了。约莫过了半小时，花苑内的情势渐渐缓和，我们走上土山去探望情形，只见第二师军法处长王法仁带了两名铁工，从西苑门走向园丁所住的土屋内，给李长清去钉镣。不一会，就有一个兵士将李长清从土屋中，驮到土山西麓的土地庙内，一种狼狈的情形，使人可笑又觉可怜。李氏囚在土地庙内以后，就有一位参谋勒令李氏亲笔下一个命令，大意是：部下切勿盲动，使他的性命发生危险，听候刘氏改编云云，命令写好了，刘氏就令李氏的参谋长魏道明拿到东校场，宣示全军。同时又释放了所有在席上被捕的营长，加以安慰，而且哄着他们听候重新加委。这些营长，平时只能横陈在鸦片炕上，伸伸腰，吐吐痰，去断送光阴，在今天这样惊浪骇涛之后，自然一点反抗的勇气也没有了。他们走出督署的情景，可想而知是旧小说里所谓“抱头鼠窜而走罢了！”

和李氏同时被捕的，是他部下的旅长包玉祥，和一位姓滑的营长，因为这两个人是李氏的死党。还有一位营长，因赴席较迟，进了督署的东偏门，猛然听到里面几声枪响，知道事已不妙，急忙勒着马想回出门去，被一个卫兵拉住丝缰，加以阻止，但是那位营长，还是用足跟力蹴马腹，想冲出重围去。忽然另一个卫兵奔上前去，向他的脑后奋力一刀，一片天灵盖就和瓜皮样滴溜溜飞出一丈以外，从此他冲出了生命的重围，走入另一世界去了。

当刘氏接到李氏欢迎的电报，兼程前进的时候，先一日即电告到达兰州的部队说：“将于翌日的上午十时进城”，李氏闻讯届时就率领全城文武，向城外去欢迎。但是等了半天，并不见刘氏的影踪，没奈何只得懊丧地回入城内。回到城内，又悉刘氏将于第二日的上午进城，他又按时出城去欢迎，然而鹄立多时，四山沉寂地，无声无息，只好又依然懊丧地归来。谁知回到城内以后，在探讯之下，知道刘氏已经在早晨八时进城了。李氏心里因此就十分感觉不快，他以为刘郁芬不应该这样卖弄玄虚去欺骗他。可是按例又不能不去谒见，于是带了四十多名卫队，到省长公署去晋谒刘氏，当他被许多卫队拥挤着，到了省署大门前的时候，忽然第三旅旅长张维玺挺身出来，厉声呵斥李氏说：“你是什么人，敢带了许多人到这里来！”立刻就喝令卫兵，将李氏卫队的手枪一概缴了。李氏在这个晴天霹雳之下，惊惶得无法可施，勉强说：“我是李师长，来见总指挥的。”张维玺说：“那末拿名片来！”从名片传入之后，不一会，里面就有一位副官长引见。李氏以为这次性命的危险是当然无疑的了；但是当他走进了大堂之后，刘氏早已迎将出来，在就坐谈话时，刘氏又十分推崇李氏。最后李氏疑云渐释，嗫嚅地说明卫队缴械的情形。于是乎刘氏大怒，命传令兵唤取张维玺，在李氏前面，加以训斥，并命将所缴的枪一律发还李氏的卫队。从此以后，李氏自以为他的生命已经在安全的境界中了。

刘氏当初所以不敢擅杀李氏的原因，就是恐怕仅仅杀了李氏，要激起李氏部下的叛变，同时他也知道李氏的部队，时时刻刻都在戒备中，于是玩出这些圈套，使李氏放怀不疑。而且在刘氏到兰州后的半个月中，李氏几乎每天在督署进出，始终没有看出刘氏丝毫的阴谋，所以终于在这宴会的席上，俯首就擒了。

从鸿门宴以来，人们对于宴会本来都会觉得危险性的存在的。这天李氏和部下全体军官去赴宴的时候，据包玉祥的意见，也预料恐有暗算，但是李氏恐因此引起刘氏的疑虑，没奈何的都连翩上督署去。当李氏进了会客室以后，督办署的大门，就砰然一声关住了，同时所有第一天晚上秘密调集的手枪队，立时密布在督署的周围。街上的行人，突然看到这种情形，拥护着四散奔逃，妇孺的啼哭声和惊呼声杂然而起，商店都忙着关闭门窗，疑虑和恐怖支配着兰州全城。大街小巷，一霎时，静悄悄陷入坟墓的状态，人们都闭户静伏着，等待暗云的开朗。

在宴会上，刘氏匆匆数语，就托故离座了，接着就是梁团的营长赵登禹扮着传令兵进去。这是一个力大无穷的技击家，因为李氏在兰州也是著名的拳术的惯家，刘氏恐其兔脱，所以用赵登禹单独去擒捉李氏。当时他慢慢地走到李氏的旁，突然飞出一脚，将李氏踢倒在地上，李氏只叫得一声“啊呀！不好啦！”他的两手，早已被赵登禹反接着，用绳子缚住了。同时会场外拥进几个手枪队，举着枪，将所有营长随身携带的手枪，一律缴了，暂时就禁闭在客堂内。

当时李氏的随从兵见李氏被缚，拔枪意图反抗，但是督署的卫队，预先开枪示威，并且打死一人，其余的也都束手就缚了。

李氏就擒第五天的清晨，芹仙走到我室内，态度很神秘地对我低声说：“这是秘密的，你不要对旁人说。李长清和包玉祥等三人，昨天晚上三时已经用布勒死了。”我问他：“埋葬在哪里？”他说：“在花苑后面，掘了一个土炕，半死半活地就拖入坑内，用土垫平了。这真是惨酷！我简直也不敢看一眼。”芹仙去后，我独在室内，觉得一种莫名其妙的感触在心的内壁压迫着。翌日，督署煌煌的布告说：已将李氏等解送包头，听候冯督办面讯去了。

这件公案的内容，直到如今，还是秘而不宣的。兰州城的市民，只以为李长清被捕解送包头去了。然而从此以后，不但人世间再没有李长清的着落，而且人们也不久将此事忘怀了。

这真是一出滑稽的趣剧，当我记述这故事的时候，我怀疑着，我自己正在这里编著诡谲的小说。然而我终于不敢攘人之美，这只能说是刘郁芬小品的杰作。

当李长清尚未就擒以前，兰州城的秩序表面上虽然非常安定，但是一到晚上，国民军就都爬在城墙上的壕沟内，彻夜对李部严密监视，同时驻在南门外五泉山的炮兵营，所有野炮炮口也对着东校场李部的营房，只要有一个警报，就可以不待瞄准，立刻施行轰击。可是一到白天，兵士就都回到营房内休息，炮位也用干草掩住了。所以兰州城人，虽然熙熙攘攘，过度着平静的光阴，而国民军在这种严重的对抗形势之下，所享受的完全是一种沟垒的生活。直到李氏就擒，以及他的部队改编之后，国民军才恢复了平时驻防的生活，正式开始训练。我们也逐日向各营内讲演三民主义，工作渐渐进行了。

有一天，我到驻在五泉山麓的一个步兵营去讲演，领班的营副见我穿着便衣，以为当然是一个牧师。他最先领导着全营的兵士，唱了一段赞美诗，再郑重地指定一位连长，做一个祷告，那位被指定的连长，当时就合掌闭目，朗声地做起祷告，全营士兵，就鹄立闭目静听着，他用外国人说中国话的语调，念着："我的主！我感谢主，使我们能够听到主救世的真理。希望主给与我们很好的记忆力！使我们能够永远记住这救世的真理。"他念到这里，全营兵士，都跟着他，雷鸣般吼着一声"亚门！"我最初总是忍俊着，等到那位营副介绍我讲演之后，我才含着笑容开始对他们说："我真是高兴，在今天能够听到这样悠扬的赞美诗和这样虔诚的祷告。但是我这个牧师，不是和诸位来讲究死后的天堂的，乃是和诸位来讲究如何来打破这生前的地狱的。我是一个革命党的党员，……"那几位官长，听了我这几句开场白，都瞠双眼，爽然若有所失了。

在一个晴朗的天气，我和寒禅等同去游五泉山。这是兰州唯一的风景，有一泓清溪，潺缓地从山内流出，一带疏林，静静地飘着落叶。我们进了建筑宏丽的五泉寺，所看到的只是许多匾额和对联，这些匾额对联上的题句，几乎都是本城的绅士刘尔炘所一手包办的。我们真会怀疑，这幽雅的胜景，是他私有的乐园。这位绅士，凭借着前清翰林公的头衔，在这一切停滞于封建时代的兰州城中，他保有极大的权威，历任的行政官，都不敢不对他表示无上的敬意。听说刘郁芬到了兰州以后，也曾经去拜访他两次，但是这位古贤"泄柳"，却送给刘氏两碗闭门羹。我们真不了解刘氏为什么要这样去自讨没趣，事实上却更加抬高了这时代废物的地位。

渐渐到了岁暮的天气，阴云连日紧挨在天上，大雪断断续续地飞降着，园林的雪景，含蓄一种静的画意。登城楼远眺，银一样的白色，衬着淡黑的天光，世界已经被白色的魔鬼所占领了。

黄河已经冰冻了，许多旅客不愿迂回地从铁桥上走，就踏冰过河，后来河冰愈冻愈厚，于是乎在冰上推着小车走的都有了。

严寒的气候，锁镣着我们的双足，除了太阳光烛大地，或者为工作上的必要，偶然出外时，我们每日只是围炉看书，消磨这残冬的岁月。

从李长清消灭以后，兰州的政权渐渐稳固。割土自王的各镇守使，不能不和刘氏虚与委蛇地表示服从。凉州镇守使马麟，河州镇守使裴建准，以及回军师长马鸿逵，都次第来兰州觐谒刘氏，表明他们拥护的诚意，其余各镇守使，也和刘氏信使往返，几无虚日，陇南镇守使孔繁锦，并且和刘氏结为拜把兄弟。这些拜把的活剧，真是中国政治上特有的玩艺，当每次政变爆发以前，一定有许多重要角色，派人互送用红纸写就的兰谱，从此以后，就盟兄盟弟的，喊得非常亲热和肉麻了，但是到了一旦局面决裂，于是乎从前的盟兄弟，就立刻改称为该贼该逆了。我们真何幸，生在这谜的中国，能够看到这种有趣的幻术。甘肃的政局，渐是小康，于是乎升官图摊开了，刘郁芬由总指挥代行督办，升为代理督办，孙良诚升了第二师师长，梁冠英升了第四旅旅长，杨耀东升了督署参谋长，安树德升了甘肃陆军第一混成旅旅长，其余的小官，也多跟着长官，晋级有差。委任状几乎用绳子一捆一捆地发出去，我们两耳，几乎被他们升官的消息听得腻烦了。

军务帮办兼督署参谋长蒋鸿遇，这时升任绥远都统。他是一位戏剧的人物，短小的身材和滑稽的行动，使我们容易联想到电影明星卓别麟。听说这次国民军来甘，李长清来是预备武力抵抗的，幸而在刘氏未到兰州以前的三天，蒋氏已经带了十八名手枪队，轻骑入兰州城，他用大胆的行为，吓退了李长清的野心。听说，当时李长清曾经请他去检阅军队，这种举动，实际上是对国民军的一种示威行动，然而蒋氏却十分从容地，无所介意似的坦然莅场去检阅。到了后来，李长清请他对队伍训话，于是他就大开其向天的大炮，他毫不客气地说："你们知道打仗么？打仗不是简单的事情！譬如这次我派了一千多名的便衣手枪队，早已进入兰州城了，而你们却懵懵懂懂地一无所知。假使你们的敌人这样来进攻你们，那末你们不是枪都没开，就完全失败了么？"这一篇凭空捏造的诳语，轻轻地就把李氏吓得惊愕莫名，从此李就在犹豫不决中断送了他的性命。蒋氏在国民军中，本来算是一个有胆略的军人，不过据我平时的观察，他的行为多少是带一点精神病的征候的。

喧传着新任省长薛笃弼，轻车简从，已经到了兰州。他是被称为国民军中首屈一指的政治家的，从一个军队中的司书生，逐渐地挤上现在的地位，蔚然成为冯氏的股肱，他一种勤俭耐劳的精神，是有令人可以佩服的地方。从他到了甘肃以后为时不久，满街上就都表彰着他的德政，空墙上都画着红红绿绿的国耻地图和二十四孝的图像，所有电杆上，也满钉着上与古圣贤格言的木板，同时满城的告示处上，遍贴着煌煌乎禁止缠足的布告。这样政治上的设施，如何不令人叹为观止。后来在西北的行政人员，只要能够提倡天足，已经算是了不得的革新家，如果再加上在墙上能画画国耻地图，那当然是天字号的政治家了，所以薛氏终究可以称为名不虚传！

这时教育厅长是沙月坡，一般人因他不大通的缘故，称他为沙坡头，他是给冯氏讲过易经的老师。自从他荣任了甘肃教长以来，天天只是向省城各校提倡讲经，旧书摊上无人过问的易经和左传，受了他的吹嘘价值就立刻高涨十倍。在兰州蛰伏着的老生宿儒，都以为贤人复出，蠢蠢然想望科举的复活，其余大烟榻上的甘肃教育家，也打算出而追随厅长，维持唐虞以来的道统。兰州的教育，于是乎煌煌然成为大观，伏羲氏、左丘明在天之灵，其一种欣喜的神色，我们可以想而见了。

渐渐地度过了残冬，春气暗暗来到大地，草木都呈现一种兴奋的气象，新绿慢慢地支配了全苑。我们都等待着美丽的春的降临。

在延阔夫座上，碰到两位甘边藏民的代表，人们所代表的是循化县拉卜楞寺呼图克图嘉木样，所统治的一部藏民。一位汉名黄正清，是呼图克图嘉木样的长兄，一位汉名罗振彪，藏名叫做萨丹，他们是到兰州来控诉西宁镇守使马麒的，我和他们在几次会面之后，就变成了朋友。

拉卜楞寺呼图克图嘉木样，统治着甘边川边及青海东南部八十八族的藏民，管辖着一百零八个寺院，在民国十二年，因反抗西宁镇守使马麒的勒索，而遭马麒的仇视，于是西宁镇的骑兵，突然围攻拉卜楞寺，嘉木样在乱兵中，出奔甘边刚察寺，嘉木样的父亲，汉名黄位中，藏民称他为“耶扶赛恩”，他当时号召附近的藏民部落，共计五万余骑，和马麒在刚察附近的草原激战。最初的交锋，臧民勇悍异常，他们都脱得一丝不挂，裸体持着长矛，奋马向前直冲，使马麒的骑兵，受了极大的损失。后因甘督陆鸿涛派员传令双方暂时停战，静候督署的查办。请愿的藏民，以为督办既然出来查办，一切当然可以静候解决，漫无防备地屯扎在无险可据的草原上。然而马麒却从来没有将命令不出兰州的陆鸿涛放在眼上，于是趁藏民毫无准备的时机，促兵进攻。当马麒的骑兵冲进藏民的营垒时，许多藏民尚鼾声呼呼，在睡梦中，蓦地里被一阵枪声所惊醒，手足无措地东西乱窜，无抵抗地被马麒杀了几千人，其余的也只好保护着嘉木样向川边溃退。马麒的骑兵，于是摧毁了附近藏民的村落，焚烧寺院三十几座，被杀妇孺共计七千多人。

从这次惨案发生以后，三年以来藏民不断地向北京政府控告马麒，但是都如石投大海，并无丝毫影响。这时他们听到国民军来甘，所以重来兰州控诉，希望刘氏能够扶掖这一部分的弱小民族。就是我在当时，也尽我的力量去援助他们，然而群雄割据的甘肃政局和国民军现有的力量，终于使这事公正的解决成为一种悠远的希望。

我常常告诉他们：你们的案件，不是某甲与某乙的什么纠葛，乃是一个弱小民族受地方军阀压迫的问题，这是不能完全依赖官厅来解决的。你们的官司会永远打不完的。他最初对于我的忠告，虽然为要求立时解决的心理所蒙蔽，未免觉得我所说的理论近于迂远，然而经我几度反复譬解之后，他们也诚恳地接受了。

我帮助他们，组织了藏民文化促进会，会员除留兰藏民以外，青年的国民党员也多相继加入该会。在成立这一天，兰州教育界来参加的很不少。沙月坡也惠然莅会，他演说文化的真义，延长达一小时有余，几乎将全场听众，完全催眠了。后来钱君登台演说，毫不客气地攻击沙氏，他说："藏民文化促进会所提出文化两字的意义，并没有包括讲经这一类的无聊事业在内，我们所提倡的文化，是民族的存在和独立上所需要的文化，并不是奴隶文化。奴隶文化，只好让他们在兰州去提倡，藏民是并不需要这些的。"这一段尖刻无伦的演词，引起了许多青年党员热烈的掌声和欢呼，同时逼得台下的沙月坡面红过耳，沮丧得一言不发。兰州城讲经的风气，总算经钱君的一度猛攻，气焰为之少杀了。

革命的热流，渐渐澎湃在北方的城市，在国民军的防地内，由地窖的活动，而进入半公开的呼喊。北京、天津一带的革命民众，也骎骎然日见飞跃。然而这些愚蠢的军阀，他们所能认识的，只是枪刺的威力。他们以为喧扰的群众，是无足介意的，而是对于新兴的武力国民军，认为非消灭不可。于是奉直两派军阀，成立了谅解和合作的关系，给与冯氏一种重大的压迫。直奉联军和国民军的战端，紧张到一触即发的程度。冯氏为避免战事计，不得不决意暂时出国，于是将指挥国民军的军权交给张之江，自己就取道库伦，到俄国游历去了。在他以为这些冲突性，完全是他个人的问题，只要他一走，冲突性就可从此消灭了。

从冯氏走后，张之江就继任了西北边防督办，这真是戚继光挂帅，手忙脚乱地弄得不知所措。他自己也知道他的资望不足以统帅全军，所以每个命令的前面，都加上一句“奉上将军冯谕”的冠辞。在这一种情形之下，我们早知道国民军已经接近失败的命运了。

有一天，我在室内看着申报，申报从上海邮寄到甘肃，费时二十多天，所以登载着的新闻，多已变成昨日黄花的消息了。在报上忽然看到张之江打电给段祺瑞，请求整顿学风。我看了这个可鄙的电报内容，心里正在不胜愤愤，忽然门帘一掀，杨耀东走了进来，我就拿了那张报纸给他看，对他说：“请你看看你们大帅的电报！”他将电文略略看了一看，对他说：“这一定是他的秘书做的电稿。”我听了他这句缺乏常识的遁辞，就轻蔑地答复他说：“谁起电稿都没有关系，关系只在发电人上面，反正你们的领袖，这种昏愦糊涂的举动，比伤亡了十万大兵的损失更重大，你们国民军所有的声誉，在这一纸电稿上，都扫地以尽了！”他听了我这一篇愤激的言语，也无言可说，只好拿着报纸，装做出一种很引为惋惜的态度。

不过几天，“三一八”惨案爆发，北京革命的民众，又在用鲜血涂上了中国北方革命的记录。张之江对于这次惨案，事实上当然也应负相当的责任，像他这样的糊涂虫，自然不知道段祺瑞、章士钊是要用枪弹来整顿学风的，所以终于是做了他人的傀儡了。整顿学风的电文，是由章士钊自己起草，交给张氏的某秘书，某秘书本来是章士钊的门徒，他请求张之江给与批准，然后秉承师命拍发的。

从这次惨案之后，北方民众的革命阵线和军阀的营垒，进入于短兵相接的形势中。直奉军和国民军暂时相安的局面，也立时宣告了破裂。

当时张之江，懵懵地还想屈膝长跪在吴佩孚的辕门，恳求收为小厮走卒，他发出通电，宣言："一切政治主张，唯玉帅之马首是瞻。"但是吴佩孚并不因此引起了恻隐之心，他给张之江的答复是："将你们的枪都缴来，你自己可亲身前来请罪。"于是张之江妥协的迷梦，完全惊醒了。

在"三一八"后十多天，国民军在鹿钟麟指挥之下，缴了段祺瑞卫队的枪，完全退出北京城，据守有名的南口阵线。直奉军阀的联军，遂大举向国民军追迫，同时刘镇华奉了吴佩孚的命令，带领镇嵩军攻入潼关，包围了西安城，于是国民军全部都被封锁在西北一隅了。南口的战事，虽然日趋剧烈，然而兰州的政局，暂时仍然保有这安定的状态。我们都不相信天险的南口，会至于被敌人攻陷的。而且国民军在甘的兵力，虽然薄弱，然而他们却有最佳的战斗军纪，所以我们也并不以甘肃土匪军队乘机进攻为忧虑。偏僻的兰州，使我们看不到一种时代的刊物和书籍，恍如封闭在铁的罐头里面，思想是不知不觉地退化着，这真是一件无法救济的忧虑。我们饱受着书籍贫乏的痛苦，有时在朋友处，看到一册两三个月以前的东方杂志，就会当作珍宝一样地看待的。从西安包围以后，我们更陷于聋聩的境遇了，连东南方面的消息，都惘然无所闻知。有时偶然从邮件检查处，找到一份上海报，就细细地读着，甚至于连广告栏，都不肯轻易放过，可是我们所得的消息，已经多少带着历史和故事的意义了。春的天衣，披在园林上，桃李花裹住了塔影簃，土山四围的牡丹和芍药，也都含苞待放。政局是这样沉闷，工作是这样呆板，在这如海的春色中，使我们不知不觉间煊了名士的习气，每天除了到藏民文化促进会，去学习二小时藏语藏文以外，整日价只是在花下读书，这样享受着诗的生活，有时自己思量，也会忘记自己是一个革命者了。这只是所谓自附于风雅之末的词人罢了。

然而我们虽然时时这样反省着和自责着，在死气沉沉的兰州城里，终于无法兴奋起来！

为防守和镇慑上的要求，大部分的军队逐渐地开出兰州去，所以军队中的工作渐渐地陷入停顿的状态中了，我们为不愿安闲地度过无聊的光阴，就帮助田琨君去发展地方党务。

在兰州除了小规模的一所发电厂，和一家小火柴厂外，其余连手工业的工人都是很少的。所以我们决定先到各学校中去吸收比较进步的青年，但是在这为宗法思想的云雾所笼罩着的古城里，我们要寻找进步的青年，真比沙里淘金还要困难。这批中学校的学生，大都是穿着土布的长袍马褂，鼻上架着铜圈的古老眼镜，我们虽然不一定以服装漂亮来做思想进步的标准，但是他们这种古色古香的前代衣冠，多少可以表示出他们保守的精神，未免使我们望而却步，踟蹰不前了。普通的中学生，平时案头上除了课本和古文观止以外，简直不会再有其他书籍可见的，偶然有一二个学生看过了一二本杂志，敢谈谈男女社交公开，同学们就认他为过激派了。我们最初的活动，当然先拉拢这几个廖若星晨的过激派，然而当我们领教了他们过激的论调以后，我们除了惊讶他们浪漫的风趣以外，再也不会有其他的感想，所以我们虽然想努力打入群众，然而党务却依然没有若何的进步。

有一天，有一位省长公署的郁科长，不知道为着什么请我吃酒，陪客都是督署宣传员，我从来不曾请过一回客，但是别人请我吃饭，我是永远不推却的。酒席预定在一家兰州首屈一指的北京饭馆里，在白台布的前面，我开始认识了这位意外的东道主，当时他要求宣传员们，给他向我介绍。那些宣传员们，因为眼前就要大嚼他的红烧蹄子，除了报告他的芳名以外，自然还要说他是一位思想丰富的人物。这时菜尚未备，大家先在客座上闲谈，那位堂堂乎的科长，不时拈着他的短须，口若悬河地，向我背诵着官场应酬的套话。我真感觉局促了，我觉得他的一言一语，一举一动，无论是叫一声堂倌，点一点头，喷一口烟，他的声调和态度，似乎都是从百炼千锤中训练出来的，尤其是吐痰时的一种说不出而特有的神气，更使我叹为观止。如果在新剧上，扮演官僚的角色，能够描摹这位科长十分之一的做派，那就可称为新剧家了。不过多时，堂倌预先来通知，说是菜要来了，他听了这话，突然恭恭敬敬地走到上首，用袖子向椅子拂了几拂，随将双手举箸，高过额顶，郑重地呼着："黄先生！"这么一来，我几乎被他吓昏了，我无可奈何地走上前去，红着面向他说："郁先生，我是不懂应酬的，大家随便些罢！"但是他并不理会我，拿着双箸，行了一个其大无比的鞠躬，端端正正地把双箸放在我的前面，于是乎他用着同样的法子，依次去窘迫宣传员们了。

当我们离开了这狼藉的杯盘，道谢归去的时候，我虽然仍未了解这次所以能够狼吞虎嚼的原因，然则这次宴会，终于使我感觉愉快；因为我开始领略了这富有戏剧意义的宴会仪式。

在这时，我们听到甘肃的大绅士们从前曾经筹办一个陇右学院，陆洪涛走的时候，捐了十万元的款子，作为该院的基金，后来刘氏到甘，因军需的急迫，限令财政厅长张维，十日内筹出十万元，张维一时间无款可筹，就把这十万元的基金挪借给刘氏，于是陇右学院的计划，就暂时停顿了。

告诉我这件事情原委的，是甘肃银行行长火然君，因为他也是陇右学院发起人之一，而且也是新加入的国民党员，我当时对他说："如果你们能够将陇右学院的名义改成中山中学，那末我们愿意代向刘郁芬索还这项款子。”在我提出这个意见的时候，对于索还这项巨款，当然没有什么把握，但是无论如何，总可使这个中山中学成为一种有希望的运动。当时火君对我说：“这事先须征求牛载坤的同意，如果他同意了，别的人就不成问题。而且事情正凑巧，牛载坤三天前，正从狄道县回到省城里来了。”我说：“那末再好没有，我们现在就和他商议去。”当时火君也表示同意，就和我同去访问牛载坤。

牛载坤是甘肃唯一的大绅士，他历充省议会议长，和甘肃银行行长，在甘肃社会上的权威，远在刘尔炘以上。因为刘尔炘虽然戴着太史公的头衔，终究免不了名士的习气，不喜欢多管闲事的，唯有牛载坤，他是一个政治生活的绅士，在历次甘肃政局变化中，他总是后台中的重要角色，其余一切绅士的政治行动，几乎完全唯牛载坤的牛首是瞻。这次李长清驱逐陆洪涛，牛载坤实在是帐幕中的主谋人，李长清被捕以后，他贼胆心虚，就逃到狄道县去了，后来打听得没有什么风声，才重回兰州。

我和火君在冷僻的小巷中进入了一家黑漆的大门，我开始认识了这位甘肃绅士的领袖，黑而生光的连鬓长胡，飘然地披在胸前，一双鼠目，深深地凹入眶内，架着一副玳瑁的眼镜，从五官位置和冷酷的笑容中，我意识到他是一个可畏的阴谋家。

在寒喧完了之后，我就提出了这个问题，同时附带着以原有筹备人为学董的条件。但是他把头摇了一摇，说：“你先生如果要创办中山中学，我们帮助你募捐是可以的，至于陇右学院改更名称，事实上未免有所困难。”我当时听了他这样坚决拒绝的口吻，希望火君能够从旁给我转圜。可是火君在这位大绅士的前面，一味只是唯唯否否，不敢略参意见。我明明知道这事十九是归于失望了，但是还不甘心就此罢休，就对他说：“你们创办学院，无非希望教育甘肃的子弟，不必在名义上争执，所以如果为成立上计算，改变名称，我以为没有什么问题的。”他听到这里，突然低着头，目光炯炯地从眼镜的上缘向我注视着，两手向左右一摊说：“那末陇右学院，不是从此流产了吗？！”我听了他的话，就执帽起立说：“那末预祝你们的陇右学院的成功！”大家就不欢地走散，这件事也从此结束了。

“三一八”惨案的前后，中国北方的天空徘徊着一个恐怖的幻影，这个幻影，就是所谓“赤化”，人们也不了解赤化终究是什么东西，只知道是一件极可恐怖而在黑暗中晃动着的魔鬼。这是中国军阀从日本搬来的法宝，他们一犬吠影，百犬吠声地自相哄吓着，骚扰着，俨然如末劫已到目前了。然而一切封建势力，却纷纷在这个历史的谣言之下集中起来了。他们当时把南蒋北冯来做这个恐怖的象征，于是乎中国的内战，暂时离开了军阀的混战，而划出了一条比较明显的旧式武力和新兴武力的战线。吴佩孚、张作霖、孙传芳的军队，同时向东南和西北两个号称赤化的营垒进攻。

凭空飞来的一纸战讯，冲破了兰州沉静的空气，吴佩孚所有的豆人纸马向兰州进攻了。首先发难的是陇东镇守使张兆钾，他的军队佯称修筑道路，窬越了六盘山，向西面推进，打算进袭兰州。幸而当时定西县驻军实力充足，梁旅长冠英闻讯之后，即在城东清凉山一带掘壕布防，双方的战事，遂由小接触而渐渐进入于猛烈的沟垒战。

定西方面的战事，以双方的兵力相等，而且山路崎岖，不易活动和前进，陷入一种持久战的形势。当时，刘郁芬集合第二师各部手枪队，组织一个手枪团，赴定西应援。这些兵士，除了匣子枪以外，身上还扛着一支步枪、一把大刀和一杆长矛，再添上子弹、工作器具等，全身几乎变成一个兵器架，在出发的时候，刘氏曾经将一个兵士所负的武装称了一称，共计六十四斤。然而这二团负重远征的兵士，从第一天晚上十二时出发，到了第二天晚上十二时，团长刘存简就从定西打电话给刘氏，报告全团业已到达目的地了。在二十四小时内，他们完成了二百四十里的急行军，我几乎怀疑这个手枪团都是超人所组织的，不然，每个兵士一定都是顽铁铸成的。后来我们听说他们在行军中，仅仅留着一些少数的收容队，缓缓跟进，以便收容这些为疲惫而落伍的士兵，其余的却只管自己向前猛进，然而无论如何，这种军队的活动力，容易使人惊为难能而可贵的。

在手枪团出发以后的第四天，忽然一个石破天惊的消息，黄得贵的一旅在城西四十里瓦岗镇突然叛变了，原来黄得贵自被李长清缴械以后，刘郁芬当时还想利用他来收拾李长清，仍旧委任他做旅长。他于是收拾了残部，驻扎瓦岗镇，从事补充。这次国民军派了一个排长，带着十三名士兵，向南路去办理兵站，适逢黄得贵的队伍，暗向兰州逆袭，在离城十五六里的山沟内，双方就蓦地里遭遇着了。这一行负着办理兵站任务的官兵，当然是什么抵抗的准备也没有的，于是乎除了最后的一个兵士逃回兰州报警以外，其余的官兵全被惨杀了。听说这位排长是先被剜去两眼，再割两耳和鼻子，然后剖腹取肠而死的。我真不了解人类这种残忍的心理，是怎样会发生的！

黄得贵叛变的时候，兰州城非常空虚，城内只有一团新兵在张维玺指挥之下进击叛军。同时驻在狄道的甘军旅长宋有才，也响应黄得贵向兰州进攻。这时候兰州的危机，真所谓到了千钧一发的程度了。当时督署参谋长杨耀东在定西赞助梁冠英对付张兆钾和韩有禄的军队，遂由参谋处长张鹤舫和刘氏商议的结果，于晚上九时电话中，命梁旅于三小时内，由定西退守离兰州四十里地的响水子。这天晚上，梁氏本拟乘黑夜进攻，围缴敌人一部的枪械。一切部署差不多都完毕了，忽然接到这个电话，直惊得瞠目咋舌，而且梁氏驻扎定西为时已久，辎重堆积如山，绝对非三小时内所能运走，于是他在电话中报告了这样为难的情形，要求刘氏再加考虑。刘氏在一度考虑之后，仍命梁氏立刻退却。因为从狄道有一条路可通定西后方的甘草店，如果宋有才派一部军队，横出甘草店，那末省方和定西军队的联络，就被截断了，而且国民军在当时的军力，非常单薄，即使得胜也没有消灭敌人的力量。为固守待援计，也不能不缩短防线，所以梁氏终于不能不放弃一部分辎重，向响水子退却了。

政局既然激起了这样轩然巨波，妥协是不可能了。于是刘氏任命孙良诚为讨贼军总指挥，出驻东门外的空心墩，策应东南两路的战事，同时兰州宣布戒严。一到晚上，全城阒然如墟墓，和平时一样燃着的路灯，这时也突然觉得幽绿如鬼火了。

黄得贵的军队，经张维玺一度的苦战，总算驱逐到关山以南，关山离兰州六十里，是兰州西南的最高山，也是兰州南方的屏蔽。张维玺自从占领了关山之后，就改取守势，敌人也退据对面一带的山头，双方在对抗的形势中，各自凭壕剧战，然而弹丸的兰州孤城，已经离开了危险期，而逐渐巩固了。

从这条战线形成以后，战事一时入于沉闷的状态，国民军方面在援队未到以前，本来没有攻击和前进的企图，只是死守着从关山到响水子一带的防线。而敌人方面，虽然奋力向这长达六十里的防线，猛烈攻击，然而终究没有尺寸的发展。

这次战争中，我们得到许多珍贵的笑林材料，最引人兴趣的，是那位绿林豪杰黄得贵的轶事，据说他平时的打扮，和戏剧中的武生一样，穿着紧身的短靠，鬓边插着一朵绒花，江湖上是称之为“守正戒淫花”的，在七侠五义和济公传一类的旧小说内，常常可以看到这个名词。我们最初听到这种故事，以为这不过是刻薄的谣言而已，后来才知道确乎是一种事实。在甘肃的社会，本来是适合于这一类人物的存在的。听说他在瓦岗镇起义的时候，他誓师的誓词是：“弟兄们！努力打进了兰州城，每人赏给一个好老婆，再给你们一盏上等的大烟灯。”这样空前绝后的佳话，我们真是只有在甘肃才能听到的。

张兆钾声讨国民军的露布，也是一篇可以令人喷饭的奇文，孙良诚平时每每引为笑谈的资料。他提出国民军赤化的十大证据，在露布里面大书特书地写着：“私自招兵，此赤化一也；擅杀李长清，此赤化二也；信仰基督教，此赤化三也；……”煌煌然千古未有的妙文，恐怕陈孔璋讨曹操的檄文，也要退让三舍了。

甘肃讨赤的军队，所有的都是旧式的武器，他们称炸弹叫做轰天雷，机关枪叫做扫地平，他们冲锋的时候，前面一个人，高举着一面大红旗，后面的队伍，用四路纵队跟进，大声呐喊地向前直冲，这种勇悍的士气，实在也令人心惊。在关山作战时，他们这一群古代的战士，也是这样堂堂正正地向前拥进，当时张维玺命机关枪加以扫射，偏偏机关枪忽然损坏了，后来他们不幸走入了地雷区域，蓦地里一个轰天雷，才将他们惊得鸟兽般四散奔逃。

全线虽然很沉着地抵抗着，应付着，然而在战术的原则上，取攻势比较取守势有相当的优越点。因为取攻势的方面，可以选择全线任何一点，加以攻击，使敌人疲于奔命，而在取守势的方面，不能不将兵力平均分配在全线上。在这时，国民军以两旅的兵力，支撑着两万多的敌人，忽而东线告急，忽而南线告急，一种无兵可调的困难情形，使国民军的高级军官都感觉无上的痛苦。当时最疲于奔命的，算是新成立的手枪团，当南线紧急的时候，他们就从东线调援南线，东线紧急的时候，又从南线调援东线。有一次，敌人向南线马场方面，以重兵猛攻，我看到手枪团从东线调到南线去，全团官兵都穿着草履，雄纠纠地出了西门，每个人的面上，都涂着一层从艰苦中得来的黑油，我几乎怀疑这是一群魔鬼。

刘氏在这岌岌可危的孤城中，电调驻防宁夏的国民军丁振国旅，迅速赴兰应援。然而这时宁夏镇守使马鸿宾态度十分闪烁，在镇署的周围，掘了壕沟，和国民军相对抗，形势非常严重。同时绥远都统蒋鸿遇，又电令丁氏，暂勿出发，等他所派的援队，到达磴口之后，再赴兰应援。因为宁夏如果一失，留甘的国民军，连归路也断绝了。丁氏当时将这种情形，报告刘氏，但是电线忽被敌人的间谍割断了。等到电线修复之后，刘氏又电丁氏迅速赴援，偏偏电线又中断了，于是刘氏愤怒非常，直接电令丁部团长程心明、王春华兼程向兰州前进，同时派了一位上尉参谋，去宁夏拿解丁氏到省。当丁氏当抵兰的时候，刘氏即令按法枪决，后来经薛笃弼等的援颊，总算仅仅以免职了事。从这件事情里，我们可以看出刘郁芬的焦灼情形了。程心明和王春华，以八天的急行军，完毕了一千二百里的行程，在兰州休息一天，即开赴南路增援，从此以后，前线是比较以前更形巩固了。

从青海东南部的俄拉草地，寄来一张黄位中的像片，高大的躯干，吻合了人们理想中所谓大酋长的状貌，我于此更打动了草地远征的念头。从春间以来，我天天打算亲自去视察俄拉一带的情形，预备视察归来以后，拟具进行青海一带藏民运动的计划，但是辽远的路程，和交通的阻塞，使我一天一天地耽误下来。光阴似水一般地过去，已经到了七月的天气，我如果再不起程，一到十月天气，白皑皑的瑞雪，就会封闭这连天无垠的草地，纵使我有踏雪长征的决心，然而在白色征服一切的银海中，马蹄也踟蹰不前了。

不过几天，刘郁芬命我和钱君代表他到东战线去慰劳前敌将士。在阴云惨淡的一个朝晨，我和钱君骑马出了兰州的东郭，顺着大路过了空心墩，到达一个市镇，满街静悄悄地呈出一种萧条的景象，镇民都闭门幽居，似乎正在静待着这恐怖的战云过去，有时听到马蹄声，从门隙中探头出来张望，立刻又将头缩回去了。这里办着一个兵站，讨贼军总指挥部就在该镇的东端，我们在兵站里略坐一回，就跨马东行。

出镇以后，所走的都是山路，有时转入山沟，有时高临河岸，二十里以后，到了一个山村，村名水泉子，就是梁旅司令部所在地。

在一家乡民低隘的住室内，我们见了梁氏，相别几月，他面上已加了不少风尘，这是疆场苦战所留的痕迹。我们当即说明了此来的使命，略略休息一刻，他就命一位传令兵，领导着钱君到响水子去，自己带着卫队和我并骑向水泉子南方一带高山去视察阵地。我们沿着一条清溪，曲曲折折地南进，有时横渡溪流，马蹄蹴起了四溅的水花，飞上衣襟，沿途几家错落的山村中，依然保持着静谧的景象，冷落的水碓，辚辚地独自转动着。在一个山麓的村庄上，就是梁部赵团团部的所在地，我们弃马步行上山，陡险的山势，只能匍匐着前进，一直到了山巅，看到一条延长到十里以上的战壕，沿着山岗，蜿蜒地向西延伸，沟内的兵士，都沉着地对南面监视着敌人。那天，这条线上，因为没有战事，所以情形非常宁静。我和梁旅长先在营长黄鸿忠的营帐内，暂事休憩。他一方命黄营长派人去集合队伍，一方却自己到离此间五六里的山头上，去察看壕沟去了。我去了之后，我和黄营长在帐内坐着闲谈，而且煨食山芋，听说在山上因为给养不便运输的原因，兵士们每每用煨熟的山芋，来暂时充机。

在帐前的一片空地上，队伍已经齐集了，我给官兵们讲演了一番慰劳他们的套话，这些工作，实在是无聊得很，我也不过借此到前方来看看一切情形罢了。

近黄昏，我缓缓地下山归来，在团部略略休息，就和一位旅部少校参谋黄君同归水泉子。

在水泉子暂宿一宵，钱君也从响水子归来，据说响水子方面战事非常激烈。这天的午后，我和钱君就策马同归兰州城。

在兰州围困的时期，甘肃的绅士为主张和平，要求各镇和督署各派代表在平番县开一会议，以解决一切问题。实际上这些绅士，要借平番会议的名义，来拉拢各镇，共同对付国民军。当时刘氏尚在犹豫不决中，我特去警告刘氏，如果真要上了他们的圈套，我们就都成了釜中的游鱼了。于是刘氏就下令逮捕主持平番会议的绅士，这批绅士，听了这个风声，就纷纷逃出兰州城去，平番会议的趣剧，总算这样取消了。

有一天，刘氏又命我到南战线去慰劳前敌将士，并察看壕沟和给养的情形。我和一位宣传员寿君并骑出了西门，沿着山沟南进，走过了一片沙滩，就是黄得贵惨杀国民军办理兵站员兵的地方。崭新的一堆黄土，埋没了南战线最先牺牲者的尸骸，在这里隐隐可以听到前线断断续续的炮声，我的神经，不期然而然的紧张了。日午，到达了瓦岗镇，先去见张维玺，据他自己说，已经八天没有睡觉了。

第二天朝晨，随着张维玺从瓦岗镇赴关山，走了十里崎岖的山路，才到达山巅，寿君跟张维玺赴右翼去察看战况，我留在正面视察一切。在一家山民的土室内，略略休息了一会，听到右翼方面的枪声，连续不断地和爆竹一样，我就和营长汤传声同去察看壕沟。据说，前两天的晚间，有二三十个敌人，向防地暗袭，已经进入了交通沟，被附近一个兵士发觉，立刻加以侧面的射击。因为他们在沟内不能散开，所以五个子弹，打死了九个敌人，其余的也都被大刀砍死了。我们当时沿着壕沟西进，绕过了山头，到了一个完全暴露的阵地，士兵们都很沉着地在沟内守望着敌人，每个人旁边，都放着一杆长矛，但是我总觉得兵力未免太薄弱些。据汤营长说，在壕沟内，晚上每人的间隔，是二十步，到了白天，每人的间隔，竟至于六十步之远了。

忽然看到四五百米以外的山头上走出五六个身穿便衣的兵士，我就问汤营长："那边出现的，是我们的游击队？还是敌人？"他说："我们在前面并没有派出游击队去。"话犹未了，砰砰地一派枪声，对着我们放来。自然，心内未免吃惊，然而羞耻心使我不敢狼狈地逃入沟内，只好勉强装着从容的，用同样的步度和速度，矜持着沿着壕沟走去。看见一位连长在沟内站着，我就问他："你连上共有多少新兵？”他说：“共有二十多个新兵。”我就告诉他：“请你将新兵隔离开来，不要叫他们在一起，因为在马场方面，有一排新兵，杀了排长和正目，去投降敌人了，所以对于新兵要特别注意！”当我和连长谈话的时候，枪弹纷从头上飞过。汤营长因为我们聚集在一处，目标未免太大，就带了十几名兵士，坐在离我二丈多远的地上，那知他臀部刚一着地，就有一个枪弹扑的一声，钻入离他身后三尺左右的泥底，如果他要是多站一秒钟，他就丧失了他的生命了。然而我的前后左右，却并没有一个枪弹着地。

再向前走去，看一壕沟外面，有几个横躺着的敌尸，就是前三天黑夜冲进交通沟内的勇士。这些无名的牺牲者，他们为什么要去杀人？为什么又要被人所杀？这个答案，他们是永远懵懵着不会了解的。从今以后，他们对于这地狱的社会，无穷期的抱守着缄默，虽然不再至于被人欺骗和蹂躏，但也不再能反抗了。

沟旁委弃着一条腰带，带上绕着鲜艳无伦的海棠，然而一花一叶之间，都沾污着殷殷的血迹，这是谁的腰带？人间是永远不会有人注意这个问题了。

一路的枪声追击着，我们刚绕过了山头，蓦地一个枪弹落在我们的前面，然而从此我们已经出了危险境界了。

山风吹送凉气，近暮更觉寒意袭人，我因衣服单薄，只好回瓦岗镇去投宿。

翌日的近午，我再沿着南线东进，到了皋兰山上，参观了团长王和民试放七公分五的野炮，这一带尚无敌人发现。在日依西山的时候，我取道五泉山，鞭马兰州的南城。

兰州方面，正在酣战的时候，我们又得到警报，说是：“南口吃紧了。”奉军集了他所有的巨炮，向南口的盖沟猛轰，同时又用重兵密集冲锋，不过国民军仍是万分艰苦地抵御着。当时张之江训令全军官兵，每日为南口的胜利祈祷，并且在训令中，规定了种种祈祷的仪式。然而刘郁芬却将这个训令，撇在一边，总算这个有趣的训令，只成一种笑话，没有变成事实。

望眼将穿的援军吉鸿昌旅到达了甘肃，刘氏自己笑容可掬地在督署门前，眼送着这一支生力军一队一队地向东门外营房内走去，胜利，似乎已经操着左券了。

不过几天，刘氏就下令全线出击，于是所有吴佩孚在甘的虾兵蟹将，从此就一击粉碎了。

当我出了兰州而向青海的前夜，才知道刘氏的义兄孔繁锦，也进兵狄道，援助宋有才、黄得贵了。听说他有电报打给刘氏，说要到兰州来游玩游玩，说话是也尽够“漂而亮之”了，然而这些纸糊的人马，未免太不济事，我想当他仓皇逃出天水关的时候，或许还以不得向兰州一游引为憾事罢！

在全线开始猛烈反攻的第二天，我走上了俄拉草地的首途。

俄拉草地的蹄迹

从兰州到俄拉去，导河城是必经之路。但是这时兰州与导河间的路被战事所封闭了。狄道方面，双方主力军正在剧战中，所以我们决计抄着小路走导河，再从导河向俄拉前进。

熙攘往来的人们，在晨光中奔波着。我们这一行远征的旅客，从人丛中款地出了兰州西城。

在未出发以前，我们曾费了好几天的筹备，因为向这人烟廖落的草地上去旅行，应须携带的用具，真会使我们和迁地搬家感觉一样的繁琐，光是铁锅、篷帐、铁铲一类的家具，我们整整的装满了三个骡驮子，这样笨重而杂碎的行装，从来是最容易引起旅行者的厌恶心的，但是到了后来，却件件都给与我们以不少的受用。

我们这个旅行队，共是七个人，萨丹夫妇和我三人以外，一个是我的传事兵刘瑞龙，一个是萨丹的仆人罕塞，其余两个人，一个是拉卜楞寺的喇嘛，他的名字我忘了，瘦小的身材，动作间都有一种冷隽的滑稽意味，每每使同伴者发笑，但是到了河州以后，他就和我们分道扬镳了，一个是白崖寺的喇嘛，名字叫做准提，他是一个胖子，每天只是静静的独自坐在鞍上，用微笑的沉默对付着人和自然界的一切，这真是一尊永远坐在山门前的布袋和尚。一路上，我虽然常常用不完全的幼稚的藏语去打破他的沉默，但是他的答语，总是非常简单的，微笑仍然展开在团团的脸上。

在街上最引人注目的，是萨丹的夫人，她穿着大红的番服，头上梳着许多的小发辫，发辫总结在顶后，结上挂着一块红缎的饰物，饰物上面，普通的藏妇都是缀着四十五块铜片，而她却缀了四十五块银元，这样累坠的重物，挂在发辫上，我真替她一发千钧的担忧了。据说：她本来是拉卜楞方面有名的美妇，这时却已经变成半老的徐娘了。

出了西城，渐渐地走入山间。经过几处荒凉的山村，曲曲折折地盘上一条岭，走入一片平坦的高原，我们在一个山村里打了尖。草草地完结了午饭，鞭马走上村后之高岭，崎岖的山路，马行非常困难，有时蹄铁击着山石，发出一闪即灭的火花，我们为顾惜马力计算，缓缓地鱼贯进行，到达岭巅以后，山路又渐渐平坦，绿竹数百竿，围住了近巅的山村，炊烟和云雾般从竹丛中飘出来。

五六里后，我们都牵着马走下峻险的山坡，天气已是近暮，阴云遮蔽了日光，一切景物，使人情绪不欢。大家在一条深涧里，沉默地骑马缓缓走着，马蹄蹴石的声音，响震两岸的断崖。黄昏时分，才转入平地，投宿在一个称为张店的小镇上。

从张店出发，走过了一片平畴，转入一条山溪内，两岸夹着峻峭的山峰，溪流非常湍急，马蹄所激起的水花，常常飞溅着衣襟。走出了山口，到达洮河岸上，我们将所有的骡马，都牵入渡船内。因水流的湍急，所以渡船都用滑车系在离水两丈多高隔岸架着的铁索上，船夫拉收着系在隔岸大石上的绳子，于是船就沿着铁索前进了。

渡过了洮河，在近渡的茅店内，完结了早餐，走入一条浅涸的山溪，沿着沙滩，弯弯曲曲地到达一带红石积成的山下，我们的行程，转入万山丛沓的仄径中了。

我们的马头尾衔接地登越这高插云霄的牛心山，险峨的山径，使我们不敢左右瞻顾。有时通过万丈悬崖上逼仄的狭道，心旌摇摇地，使我感受一种压迫，紧紧地拉着丝缰，两眼却只是注视着远天的白云，我已将命运完全交给马蹄去支配了，如果要是偶尔失足，当然的，一切一切，都粉碎在这不幸的一刹那间，让空中盘旋的馋鹰，去享受这一次幸运的聚餐罢了。

控马在万山之巅，除了白云和太阳以外，一切都在我们的足底，马蹄踹着起伏的冈峦南进。天色近暮，才投宿在一个山村内。

山内的住民，多半是回教徒，我有时口渴，命刘瑞龙向他们乞水解渴，他们看到是兵大爷，当然是不敢拒绝的。可是当我喝完了水，道谢走了以后，他们就将盛水的瓷碗，抛弃不用了。这是萨丹事后告诉我的，回汉两民族间深深的鸿沟，在这个将瓷碗的抛弃中，我们可以知道其大概了。

从锁南坝出发，山路渐渐地盘旋着下降，在三十里以后，我们才走入平地，日影晌午，就进了导河城，宿在一家客店内。我和萨丹商议，在这里停留两天，以便采办一切途上应用的物品，因为这是必要的。

在街上，买了些手巾、胰子、香烟一类的零星杂物。近晚，我就去见河州镇守使裴建准，在镇署门前，看到许多士兵和官长，都是些烟容满面的病夫，衙署的形式，也完全保存着清朝总兵衙门原有的气象。

裴氏本来只有一营不完全的军队，命令的力量，不能出导河城一步，因为导河是马骥、马廷骧、马定国等回族中拥有重兵者的桑梓地，回教徒的势力，也因此非常膨胀。而且在这弹丸的导河城，却俨然像两个营垒，汉人都住在城内，回人都住在南关，不相混杂。所以只要南关出了什么事，裴氏就无力处置了。

裴氏本身，是一个聪明而有才干的军人，他善于画马，因此更喜欢养马；在甘肃，只要有人得到一纸裴将军所画的马，就会和宝物一般地珍藏着的。然而甘肃的社会，使他的朝气完全消磨了，除了画马一事外，他依样过度着一般官僚的生活，当我走入他的书室内的时候，一股浓厚的鸦片气味从间壁起居室内传入鼻内，大约他又在过他的大瘾了。

在谈话中，他对我表示很恳切的友谊，一种耿耿的目光和威毅的态度，更引起我直觉的敬意。他频频抚案叹息着自己的抱负无所施展，但是这些叹息，旁人是最难于劝慰的，所以我只是默默静听着罢了。

第二天，裴建准请我和萨丹两人吃晚饭，在席上，他告诉我："今天上午十时，接到刘氏的电报，国民军南路已于昨天攻破了天水关，东路也已经攻入平凉城，孔繁锦、张兆钾、黄得贵等完全向陕西溃退了。"

这一个战讯，未免使我感觉惊奇。从我离开兰州城，直到现在，仅仅不过四天工夫，在这样短促的时日中，不想到国民军竟直捣了张兆钾、孔繁锦的巢穴了，行军的神速，真使我怀疑这是一种含有宣传作用的战讯。所以旧式军队，大抵都是用虎皮纸糊成的方相。

第三天的朝晨，我们出了导河的南门，横渡了大夏河，因为桥梁太窄了，骡马不易行走，就择河流较浅的地方，涉流过去。沿路的人烟，非常稠密，农村中都显出安静的快乐的气象。

平常我称呼萨丹的夫人为阿姆，这个藏语的称呼，本来是萨丹教我的，在路上，我都是这样称呼她。但是有一天，在一家村店中，我依然这样去称呼她时候，她竟提出抗议了，她含着薄嗔，用藏语对我说："你不应称呼我为阿姆，你既然和萨丹是好朋友，当然和兄弟一样，应该称我为嫂子。"我听了她这句教训，不觉微微有些面热起来了。萨丹却只是在旁边发笑，我当时就笑问萨丹："这是什么意思？"他只是汩汩地笑而不言，好像埋葬一种神秘似的。后来我才完全明白所以碰这个钉子的原因，原来萨丹夫人还认为自己是停留在青春的黄金宫殿里，她否认自己已经走入所谓衰老的境界内，从来阿姆是对于老年人的称呼，因此她对于阿姆的称呼，发生憎恶了。当然，人们都不愿意衰老的袭来，我也希望萨丹夫人永远能够保持她固有的美丽，可恨的，就是无情的皱纹，深深地将人们逝去的年华，不刻划在人体隐蔽的部分，偏偏刻划在最易被人发觉的额上，这真是无可奈何的事情。不过从此以后，我却不能不改称她为嫂子了。其实嫂子也不一定是青年人物所有的称呼。

这一天，我们的行程，是翁越西倾山脉而走入藏民聚居的区域，七匹马和三匹骡驮子，缓缓地进了山口。初秋的丛林，渲染着赫红的颜色，山色在微醉的状态中，有一泓的清溪，潺潺地向山外奔流，四山喧扰着溪水的回声。我们穿过了无数的丛林，沿着溪岸，认着依稀的樵径前进，有时几乎怀疑层嶂遮断了我们的去路，可是一转折间，我们却又走入另一幅画图中了。

我为这清幽而奇秀的秋景所陶醉，只感觉兴奋而愉快，赞叹着自然的美丽，但愿永远留恋在这初秋的西倾山中。但是我们的马，为这崎岖不平的山径所疲惫，不断地喘嘶着，而且汗流遍体了。

准提仍是微笑而沉默地坐在马背上，一摇一摇地走着，肥胖的身躯，压得他所骑的红马，口吐白沫，不时仰天长嘶，在山谷中起了悲壮的回声。我回头带笑向他说："喂，准提师，你的马被你压坏了，你下来，扛着你的马走罢！"他仍然微微笑着，过了半晌，才慢慢地说："扛不动，怎样办？马就是给人骑的。"从此他微笑的沉默，又羼入在无言的四山秋景中了。

走了三十里的山路，到达了一片平冈上的草地，我们就搭起篷帐，解鞍休息，将马足系了绳子，放在山上。罕塞和准提，就用三块大石，搭了一架临时的锅灶，从骡驮上解下了预先收藏着的干羊粪，打着了火石，然后加上一些马粪，再向溪内取水来，煮茶解渴。萨丹笑着告诉我，以后路上的生活，除了有寺院的地方，大约总是这样的。

这样我就开始了新的生活，眼前的一切，都使我感到兴趣，在这草地上，东一堆西一堆的石头，都留着火焰烧灼的痕迹，不言而喻这是过去的旅客所遗留下来的锅灶。他们又留下了马粪，给我们作燃料。同时，我们也将留下不少的马粪，给后来的旅客作燃料，这是人类在不知不觉中，进行着的互助生活。

喝茶以后，我们又开始烧面吃，在河州，我买了两袋面粉，作为我们的粮食，因为一入了游牧生活的藏民部落境界内，我们就不容易再去寻取米麦来果腹了。

午饭就这样完结了，我们收拾了蓬帐、铁锅、和碗、筷一类的杂物，将四散在山间的骡马，牵了回来，重新给它们加上羁勒，压上了重负，开始我们继续登山的行程。

从这片草地到山巅，还有十里路程，在这十里内，我们已是看不到丛生的树木，大约是因为山太高了，气温过低，不易生长的缘故。山只有绿油油的青草，山巅被白云封住，我们这一队骑士，渐渐走入这绵絮般的白云堆里，萨丹从马上回头对我说："这是瘴气，你得留心一点！"我听了，取了几粒仁丹，噙在口内，同时又吸着纸烟，因为烟草可以抵抗瘴气的。渐渐地窬越了山巅，穿过了白云的迷阵，这里已经是藏民的地域了。我们沿着一条小溪，向山的南麓走去，在长途旅行的经历中，骑马下山，是最感费力的事情，幸而这边山路的斜度，没有上山时这样的陡峻，因为山南的地势高于山北的缘故。

完全在曲曲折折的山峡中行进，野兔常常从草丛中跃出，二十里后，我们在溪边的沙滩上又搭下了篷帐，大家从事休息，马匹都解去鞍驮，放在溪岸的草地上。这里距刚察寺仅有五里多路，萨丹命罕塞骑马去通知寺内的喇嘛，说是扎希崔伦来了。

扎希崔伦，就是黄正清和萨丹给我所取的藏名。半年以后，我曾经为援助他们费了不少的心力，虽然实际上没有丝毫的功效，但是我所有忠实的同情，已经被甘边藏民所接受了。所以寺僧们多是知道我的名字的。

骡马都饱了，我们就收拾起程，沿着溪流南行，走出了山峡，道路渐见平坦，远远地有一带葱郁的树林，林外隐隐暴出红墙的一角，眼前就是刚察寺。转过了树林，全寺暴露，金壁辉煌的建筑，和宏大的规模，包含着目所未见的壮丽，夕阳映照着寺殿的金顶，更显出庄严无比的宝相。在这样荒僻的草地上，看到这样壮丽的建筑，我怀疑这只是我的眼花，或者是一座空中的蜃楼。

马蹄杂沓地到了寺前，许多喇嘛都在寺前迎候，有一个喇嘛，就拉着我的马，引入寺旁嘉木样的行台。

一切行李都搬入了嘉木样的行台，我和萨丹住在一所精致的平房内，室内没有桌椅，仅有蒲团供我们趺坐。洁净的矮几，和光滑的板，使我回忆着当年在日本所度过的学生生活。

等了一会，刚察寺的僧官前来访问。他是嘉木样所派定的刚察寺一带权力者，他不但管理着刚察寺的喇嘛，而且统治着附近一带村落的居民。在进门的时候，双手捧过一条白绫，这是他们代表名刺的，普通的藏民，平时互相通候或慰问的时候，都是换着一条白纱布，地位高的喇嘛和酋长，就用黄绫、白绫或蓝绫了。我因为藏语太幼稚，让萨丹给我翻译，略略地谈了一会，他就走出了。

从河州出发时，我们又多了两个伙伴，一个是西军统领马定国的差弁，一个是回教中的阿洪，就是回教中的传教师。他俩是奉马定国的委派去问候嘉木样，顺便买取马匹的。在路上，他们和我们，除了煮茶以外，总是两锅分炊着。今天因为僧官给我送来一只羊，萨丹送了他们一大块的羊肉，但是他们一定推辞着不要。后来才知道，凡是汉人和藏民所宰的羊。他们总是不要吃的。当时我就对萨丹说："以后若再有羊，教他们宰杀好了。”因为这两位回教徒说，照藏人的方法来宰羊，羊肉是不干净的。从此以后，一路上凡是有羊送来，都教他们宰杀而且我常常喜欢吃他们所煮的羊肉，原因是他们所煮的羊肉，比较熟烂一点，至于罕塞所煮的，每次总是半生不熟的，有时使我啃了半天，不能啃动分毫，恨得我愤地将羊肉远抛了，为这件事，我曾经对他发了好几次肝火。

翌日的早晨，我们向买吾庄进发，沿路经过几处藏民聚居的村落，他们的生活，已经进入原始的农业经济社会中，熙熙嗥嗥地正在收割麦子，一捆捆的收获物，从牛背上载到晒场上去，无上的愉快，充满在他们的眉眼间，一路上，高唱着快乐的农歌。

在他们的社会里，工钱制度尚未产生，人们都是在互助的换工制中经营着生活，这是萨丹所告诉我的。

从刚察寺到买吾庄，计程是八十里，在近暮的时候，我们到达了买吾庄酋长的家内。这位酋长，据萨丹说是许多酋长中最有胆略的人物。这时，他正在起造新屋，楼下尚有一部分，没有建筑完整，我们就住在新屋的楼上，入晚，呼呼的山风，吹入窗棂内，寒气袭人衣袖。

夜间，萨丹夫妻不知道为什么勃谿了，呶呶地闹了半宵，使我因此不能成寐。

翌日，我们离开了买吾庄，迂道向旧洮州进发，因为萨丹的家，在离旧洮州十里地的山村内，借此顺道送他夫人归家。我们逾越了一条小岭，走上周围四五十里的一片大草地，时节虽然已经到了初秋，但是草地上因气候较迟，还是春深的天气，满地杂开着黄色和红色的草花，衬着一片新绿的草色，我们真似在一片天样大的彩色绒毯上，驰骋着，奔逐着。我赞叹这美丽的草地，这是自然一种别有风致的艺术作品。

走尽了草地，转入迂回的丘陵中，沿途看见许多灰色的小兽，这些小兽，藏名称为“挞拉”，天真烂漫地见人也不畏惧，但是当我们举枪预备射击时，就非常迅速地钻入穴内去了。

越过了一条蜿蜒的山岭，是一片狭长的平畴，马左一带高山绵亘着，山谷中隐约露出一带白墙，这是白崖寺窥伺着山下行人的一角，准提就此和我们告别回寺。长途旅行的伴侣，在一刹那间遽尔分离了。我们都不自觉地颤抖着一种依依惜别的情绪。

由白崖寺到萨丹所住的山村，计程不过二十里，我们到了萨丹家内的时候，斜日尚停留在西山之岫，村外的晚景，使我忘怀了马行的劳倦，尤其是萨丹的夫人，几乎欣喜得要堕下马来，因为一转眼间，她就可拥抱着她的爱子了。

我们都住在萨丹家内的楼上，室内非常清洁，但是楼下却养着两头牛，两头猪，一阵阵的粪溺气，时时沁人鼻管，未免使人感觉不快。

萨丹的儿子，是个伶俐可喜的孩童，萨丹预备在归途中，带他到兰州去读书，我也竭力地怂恿着。同时我见了他的养女，是一个十七八岁的姑娘，工作的勤劳使她的两手因此僵硬而粗糙，但是娟秀的眉目，和绯红的双颊，显出一种强壮的美，在藏民中，我所见的女子，算她是最美的一人了。从罕塞的一举一动中，可以看出，大约是对她抱着无限野心的。

晚上，萨丹命他的大姨以及他的夫人和养女，举行藏俗的歌舞。藏民妇女的服装，本来和中国古装相仿佛，所以长袖招展地舞着，另有一种风致。尤其是她们的歌喉，声带比内地一般妇女为高，振金裂石的歌声，惊破了幽静的黄昏，我的情绪，完全被歌声所征服了，直到临睡以后，枕上还留着缭绕的余音。

歌曲本来是人类感情的自然和美的发挥，环境可以左右歌曲的情调，所以生活在原野的民族，所有歌曲的音调，大抵都是壮迈而渺远的。他们生息在旷漠的原野上，四望无际的一片平坦的大地，视线中，只有青空的天和间间的白云，人们在这样宽阔的环境里，当然会发生壮迈而渺远的情感的，这种情感，就完全从歌曲中流露出来了。

在萨丹家内休息的一天，村民正在收割青稞，络绎的黄牛负载着收获物，堆积木架上。他们唱着男女间恋爱的秧歌，每一次收获物送到晒场时，每个农民，就都喝一杯麦酒，歌声和邪许声，从此就喧扰着天空了。这真是富有文学意义的生活，我站在屋顶上，看看他们愉快地工作着，茫然出神，几乎忘却了山外惨酷的社会了。

第二天，我们离开了萨丹的故乡，取道白崖寺前，向阿姆曲崔出发，天气晴朗，我们的旅队，顺着曲折的小道，转入重垒的草山中。萨丹的姊丈，这时也和我们同行，他和罕塞，都掮着一支快枪，枪梢装着两脚架，只在卧着放枪时作支架用的，他们对于枪的重视，几乎当作第二生命，在交通不便的穷乡僻壤里，要得到一杆枪，自然不是容易的事，所以我们如果有一杆枪，就可换取三匹马。至于枪弹，更是难得的珍物，寻常每粒售银五钱，就是每百粒售银五十两，这真可说是空前未有的价格了。

投宿在依山临野的小寺里，四围荒廖。入夜，但有秋林风吼的声音，继续地传到枕上，这样凉夜的静境，使我追忆三年前浣溪山寺中读书的情景，不意从此却勾起了我无限的乡思，转侧不寐。所有过去在故乡享受浪漫生活的旧事，历历都上心头。最使我难于忘怀的，是七年前的元旦，我和长兄及长弟跟随着父亲，同去村外的溪畔，折取梅花，这一件事，在我追忆中，恍惚如在目前。然而我的长兄芒父，竟在我将离张家口时，已经溘然逝去了！旧事怀念，使我悲感交集。从枕上拭泪探望窗外，凉凉的明月，沉浸在空庭上。

在朝寒袭入中，离开了寺院，走尽一带丘陵地，马蹄前又是一片大草原，萨丹用鞭指着前面，从马上回头告诉我说：“这就是那年藏民被马麒袭击的地方，在当时，无数战士的毡帐，掩盖了数十里的青草，声势非常浩大，然而我们终于在愚蠢和疏忽中，留下了失败的创痕！”他愤慨地草草叙述了这一页厄运的战史。

我纵目远眺，眼前只是一片象征着和平的绿茵，一泓湾湾的浅溪，萦回在草原上，仅有三五丛红色的草花孤零地开放着，这或许是战士碧血所幻化的痕迹！别的是什么也没有了。

近暮，阴云又拥在天上，一带红墙，围着许多颓垣败墙，一部分历劫危峙的宝殿，却仍旧使我感叹轮奂的宏丽。从前阿姆曲霍，是甘边有名的大寺院，但是三年前，在马麒的骑兵一炬之下，二百余年伟大的建筑，就十九变成劫灰了。

我们到达了寺内，略事休息，萨丹和该寺僧官，领着我察看火灾的痕迹。最使人扼腕的，是高大无伦的经堂，也剩有几片残垣危立在晚风中了！据说：当马家军焚烧经堂的时候，正在念经的千余喇嘛，也同时葬身在火窟中，偶然有突火冲出的，也被他们所枪杀了。这真是一群残忍的魔鬼，他们毁灭了阿姆曲霍天际和平的钟声。我想不到民族间的仇视，竟演出这样惊人的惨剧，这种兽性的发挥，我们真是不会了解的。

离开了阿姆曲霍，渡过了一条溪涧，盘着羊肠鸟道，走入苍松夹道的丛山中，渐渐转入山峡内，日影已经过午，我们就在溪岸的草地上，搭下篷帐，开始造饭果腹。

饭后起程，向西昌寺进发，二十里后，我们到达了洮河岸上，深绿色的河水，湍急地向西北流去，我们沿河南行，路右是一带悬崖，忽然间，前面道路被乱石垒断了，萨丹是早已知道这事的原因的，他对我说：“西昌方面和阿姆曲霍方面的藏民，因为争夺一片草地，双方正在械斗，这是西昌方面，防御阿姆曲霍人袭击的工事。”我当时就命刘瑞龙和罕塞将乱石搬开，投在洮河内，费了二三十分钟的时间，大家才鞭马前进。

西昌寺的建筑，虽然次于阿姆曲霍，却远胜于刚察寺。高矗云宵的经堂内，排列着五百尊铜罗汉，寺殿的金顶内，藏着价值数十万的珍宝，一楼一阁，都尽了画栋雕栏的能事。在这里，没有经过马家军铁蹄的蹂躏，所以一切仍能维持其固有轮奂。从河岸上，远远望见这洮河流域著名的巨刹时，我几乎怀疑这是海上的宫殿。

晚上，我和萨丹正在闲谈，忽然起了一阵枪声，接着男女老幼的呼喊声，震天而起。我当时唤寺内的喇嘛来问，他们说：“和阿姆曲霍方面械斗以来，恐怕那面夜间来袭击，几乎每天就是这样的。”我听了他们的话，就不理会了，等了一会，蓦地又是一阵枪声，接着仍是轰天动地的男女呼喊声，我这时未免有点发急。我想如果再不警告他们一下，我们今夜睡眠的权利，就会在他们这种胆怯的示威行动下面全部剥夺了。当时我就命寺内喇嘛，领刘瑞龙去唤西昌庄的酋长来，不一会，那位酋长来了，我就严厉地对他说：“不许你们这样自己哄自己的胡闹着！你要半夜三更里再闹，就先拿你去办。如果他们打进来，我们在这里，不必你管。回去好好睡觉罢！”这一席老爷口气的官话，直吓得那个酋长诺诺连声而去，然而我们从此却得了一宵的安眠。

从西昌寺晓发，走过了木桥，由洮河东岸南进，从此就走入游牧生活的藏民部落中，廖落的人烟，有时几乎从朝到暮，极目远望，不见一个人影，只有成千累百的野羊，被马蹄声所惊起，蓦然从草丛中窜出，四散奔逃。

将近日暮，到达一个藏民的部落，数十家毡账，聚居在一处，帐外无数的牛羊，三五成群地散啮着秋草。我们就在毡帐的旁边，搭下了两座篷帐，我和萨丹、刘瑞龙住在一座圆锥形的篷帐内，其余的共住在一座方形的篷帐内，所有骡马，完全都放在草地上。夜餐依然是羊肉煮面片，近来我因为每日奔波的结果，食量的增加，每每使萨丹当作谈笑的资料。

部落中的酋长，夜间来问候我们，穿着光羊皮的长袄，鼻涕和垢秽，涂擦得羊鞟发生光亮；但是普通藏民的衣服，差不多都是这样。所以这也是不足奇怪的。在西昌庄，洋布每尺的价格已经是需银一两。因此，藏民中除了妇女以外，男子十中之九，都穿着光板的皮袄，而且无论如何炎热的天气，也不肯偶然脱去的，仅仅袒着一臂罢了。

这时那位酋长，匍匐在篷帐门口，两眼露出惊奇和神秘的表情，不断地看着我们。萨丹对他说，教他明天预备十个人，带着枪护送我们到黄河岸上，因为从这里到黄河岸上，所过是几百里旷漠无人的荒地，为防虞意外，不能不有这种预备。酋长连声答应着，叩了一个头，就回入毡帐去了。

夜风渐吹渐紧，寒气骤然袭人衣袖，帐外的明月，冷清清的独自照着大地，我为一种孤寂的感触所围困，无聊地脱衣就寝。

天明以后，即收拾一切，预备登程，晓风吹面欲裂，马背上也凝结着一层浓霜。酋长所派定的十个藏民，也雄纠纠地荷枪齐集在帐外，等候出发了。我用小刀匆匆地割着一大块羊肉，放量大嚼，以谋暂时的果腹，在东方红霞流动中，我们就开始践踏着寒霜，向西南前进。

在绿草连天白云绕地的草地上，控马缓缓地走着，我感觉茫然了，我怀疑着我们是预备走向天的涯岸上去，除了偶然地看到几堆干燥的马粪以外，我们再寻不出其他曾有人迹到过的证据。宇宙是这样空虚而阔大的，地球却涂饰着一层绿釉，除此以外，我们什么感想都没有了。

马上常常看到巨大的乌鸦，在草地上行走，远望以为是一种兽类，展翅飞起，和车轿一般大小，这些乌鸦，据说：都是吃人肉长大的。萨丹告诉我，藏民死了的时候，亲族就把他的尸身，脱得一丝不挂，抛在山上去喂饲乌鸦。他们以为埋葬在地下，等于打入地狱，而葬身鸦腹，才算得超升在天堂里。

这种风俗，真引起我不少的兴趣，但是我想：如果内地有一个人，要行施这样的葬礼，恐怕凶恶的礼教，就会将他生生地吃了。

日影过午，在一条小河旁，搭帐煮饭，牛马粪是在昨夜住宿的部落旁，收了一大袋，从骡背上驮来的，因为萨丹知道在今天的路途上，没有燃料可找的。罕塞和刘瑞龙用铁铲在河岸上挖了几坭土，搭成锅灶，萨丹的姊丈，用羊皮做成的风袋，压气吹火，不一会，炊烟就缭绕卷起天空了。

有一只野羊，突然从杂草中窜了出来，我急忙从刘瑞龙手中夺了手枪，向野羊一枪打去，但是幸运的野羊，连一条毫毛也没有打伤，我痴立着，目送这流星般的亡羊，灭没在不可见的去影里，萨丹的姊丈，却不断地为我惋惜着浪费了这粒珍贵的枪弹。

红日懒懒地搁在地平线上，我们走上一带草山，山下有一片平地，依傍着一条小河，夕阳映照河水，荡漾着胭脂般的红波，罕塞等先在平地上搭架篷帐，大家准备在这里过度一宵。我在山冈上，下马休息，借草而卧，仰面看着天上的残霞，整日奔波的疲劳，在这一刻间，飞散在暮色苍茫中了。

夜间，我们都将手枪的枪弹，送入膛内，扭了保险机，垫在枕下，以备意外的袭击，昨天酋长所派来的十人，轮流着守卫场上的骡马，夜寒侵入帐内，静寂的大地，只有断续的马嘶声，时时惊醒客梦。

天明，阴云张开了惨淡的天幕，我们络绎地涉水渡河西行，预备先走三四十里的路程，再进早餐。途上霏霏地下起雨来，渐渐愈下愈大，斜风吹雨，打在面上，两颊冻得发痛，但是在这种荒廖的大野中，我们当然不会发生向何处躲避的念头，所以只好仍然冒雨前进。我穿着雨衣，萨丹披着大红氆氇的斗篷，渐渐都被雨水所浸透，那十位护送我们的藏民，却只把头向羊皮袄内缩，笑眯眯地骑在马上，什么斜风雨也不管了。

约莫走了四十里，在一处草山上，搭下篷帐，迳草上铺了狗皮褥子，我趺坐着，从事休息，微雨依然霏霏地下着，疲乏和饥寒交迫。罕塞等在雨中烧水煮饭，斜风吹送炊烟，进入帐内来，使人鼻管不快，洗漱以后，用小刀割食了一块大羊肉，精神渐觉兴奋。

萨丹在锅旁割了一块生羊肉，津津有味地咀嚼着，口中不绝地称道这佳味的难得。同时，怂恿着我，去尝试这少有的珍味。我笑着说："珍味让你去领略，我只要有熟羊肉果腹罢了。"这本来是很平常的，一路上，他们常常恬然地割食着生羊肉，好像正在享受天厨珍肴的滋味，只有我，在旁替他们为难罢了。

雨势渐杀，我们又跨马登程，走尽了一带草山，渡过了一片泥泞的沮洳地，进入左右峰峦陡险的大山峡中。山风喧号，涧水潺缓地流向峡外，马蹄蹴水，曲曲折折地前进，峡尽，走上一条高岭，山云渐开，雨也从此住了。因为下岭的道路崎岖，牵着马徒步走了六七里，在岭下的平地上，搭下篷帐，完毕了这雨中的一日行程。

翌日，我们越过了一带草地，又走尽了一带重重迭迭的草山，峰回路转，侵入了一片牛羊所管领的天下，数十里纵横的大草滩，几乎完全被牛羊所遮蔽了。当我们这一队旅行者，下山走过毡帐附近的时候，蓦地里几头高大异常的狞狗，吠声喑喑，向着我的马扑来，萨丹急忙催促我向前。我竭力向马腹一踢，才冲出了重围。如果略略迟慢一点，我这条左腿，就会被这些孽畜所咬断了，最少也使我的衣服，撕成悬鹑百结，狼狈的情形，自可想而知了。

这时一群狩犬，正在包围着攻击罕塞，还有几头用铁链锁在木桩上大如小牛的番狗，也狮吼般地向我们狂吠。然而罕塞是早有准备的，他从羊皮袄内，摸出一条一端系着小木桩的绳子，在马上呼呼地转舞着，护住了人和马，同时蹴马向前，渐渐地离开顽敌的势力圈；但是这群草地的权威者，唁唁地一直欢送我们横渡了一条小河，隔着河，还是遥遥地大声示了一番威，才肯奏凯而归。这样威猛无比的牧羊犬，真使我无法应付，每每到达一个部落时，我总是戒备得俨然如临大敌，有时幸赖犬主恐怕我们开枪射击，自己走来给我们解围，才免了不少的纠缠。这次草地的旅行，番狗算是我们唯一的敌人，它们比警察对付穷人更凶猛多了。

这天约莫走了九十里路程，在离黄河岸二十里的山坡下，安下了篷帐，天气晴明，夕阳反照山前，晚霞在天际流走着，宇宙整个是红色的。

第二天，我们向黄河岸出发，那十位护送我们的藏民，辞别我们，要回到自己的部落里去，我们送了他们一大袋羊肉，就此南北背道而驰了。

走过了一带毡帐，到达黄河岸上，这里是黄河的上游，河流虽然湍急，却是清可见底。渡头只有一艘长方形的木舟，构造非常简单，没有帆樯和柁橹，仅有一杆木篙。我们把骡马的鞍辔，和负载着的行李，都取下堆在船内，每人在舱前，拉着一条缰绳，力鞭马背，同时，大声鼓噪着，吆喝着，于是十多匹马，拉着这方形的木舟，水花乱飞地渐渐离开了浅滩，向隔岸浮水前进，到了中流，逐一放了缰绳，让它们自己浮水过去，只剩下五六匹马，牵着木舟渡河。费了半小时的时间，我们到达了彼岸。

在河岸上，煮茶解渴，大家坐在日光下，用小刀割食大块的羊肉，等待着马身的干燥，天气和暖，我的精神也异常愉快。

我和那位教中的阿洪，坐在行李堆上，一边吃着羊肉，一边闲谈着，他告诉我关于河州方面回民的风俗，最引起我的兴趣的，是关于青年回民求恋的一段。

在晴明的天气，青年的男女，都在麦地上工作。如果有一个青年男子，对于附近工作的女子，发生爱感时，他于是高声唱着第一回的恋歌了，歌的意思，是说："在你的麦地上，有没有你的父母伴着你？"如果女子同意了的时候，就接着也唱一曲恋歌，意思是说："我的父母在家里，这里只有孤零零的我。"于是男女又唱着第二曲恋歌，意思是："我爱你！如果你允许我伴着你？"如果女子再唱一曲同意而表示欢迎的恋歌时，这样就开始野合了。

这是和嘤鸣求友有同样意义的恋爱，这是如何含有诗意的两性生活！但是如果给女子的父亲发觉的时候，非将这一对情侣立刻残忍地置之死地不可。其所以要杀却的理由，我当然不能了解，就是阿洪也不能有所申述。这或许就是礼教的模型罢？有几个骑牛的藏民，也从隔岸渡河过来，他们不需要那方头的木舟，仅仅从羊皮袄内取出一个羊皮袋，用气吹涨了，将脱下的衣服，顶在头上，就叱牛下水，拉着牛绳，骑在羊皮袋上，缓缓地渡过河来，在中流，浪花飞溅他们的脸上，他们高呼着："佛爷！佛爷！"这是所有甘边藏民，对于嘉木样的尊称。在危难中，他们希望着佛力的援救。

骡马身上都干燥了，我们就起程向昌札赫寺进发，黄位中就住在这寺内。呼图克图嘉木样，虽然是这一带藏民信仰的象征，然他现在不过是一个十二岁的孩童，所以一切大权，完全在黄位中的掌握中，我所以先去昌札赫寺就是这个原因。

从黄河岸到昌札赫寺，计程六十里，按辔缓缓地走着，觉得十分疲乏，几乎在鞍上熟睡了，勉强振作精神，但是睡魔仍然不时袭来。我想纵马飞跑一程，以舒筋骨，就用力将缰绳一勒，哪知这匹马看到地上一条旧绳索，吃了一惊，猛然向旁边一蹿，我一不留意，凭空从马上跌将下来。幸而跌在草地上，尚无创痛可言。然而我懊恼了，立即重新攀鞍上马，用力向马腹一蹴，这样一气飞跑了五里左右，直跑得这马汗流浃体，胸中的愤气，才算渐渐出完了。

到达昌札赫寺，天色尚早，黄位中在寺前迎遇，伟岸的状貌，穿着枣红绸子的皮袍，巍巍然沉着地站在门前。我跃下了马，就和他携手进入他的客室，初次见面，当然是无话可说的，而且我疲倦极了，所以略略地谈了一会，就回到他给我们预备着的住处去休息。

晚上，黄位中到我住处来谈话，我因自己的藏语太幼稚，命萨丹给我翻译。最初，他叙述在过去如何受马麒种种压迫的情形，言语非常沉痛而愤激。然而这些事实，我几乎听了萨丹十次以上的复诵了。我安慰着他，而且对他说："这次远来的动机，我并不是仅仅为你们和马麒的纠葛而来，我希望能够在你们民族的存在和独立上，有微薄的帮助和贡献。至于那件官司，我想不久就会解决的。"他听了我的话，表示他对于我感谢的意思。同时，他留我在这里暂住几天，以使畅快地谈话。在灯昏茶冷以后，我才目送这巨影，埋没在门外黑暗中。

明朝，我随着萨丹，同去寺内和黄位中谈话，这次我们整整谈了一天。我告诉他："一个民族只有提高自身的力量，才能不受外来的侵略和压迫。在目前，关于其余的事业，还是谈不到的，第一步就是先来团结近地的藏民，再慢慢由近及远，去联络所有的藏民，在整个组织之下，集结起来，然后再设法提高一般人民的文化，充实自身的武力，只要这样，就有十个马麒，也不敢压迫你们了。"我反复譬解地给他申述这项意见，一直继续到四五小时之久，最后他才觉悟似的奋然地说："听了先生的话，我明白了。你是在说，马麒的压迫，是我们自己找来的，的确！但是在目前，佛爷和我们，远奔在草地上，一切都是难以着手，只要佛爷能归拉卜楞寺，我们愿意完全听先生的教诲。”我当时就说：“关于佛爷回住拉卜楞寺一事，我愿意负责任，可是我希望你，现在能够开始团结附近一带藏民的工作，在我未归兰州以前，先行召集附近的酋长，成立一种同盟，我也可以趁此机会，亲身参加，你的意思怎样？”他连声承诺着说：“这样很好，一到俄拉，立刻就进行。”谈到这里，我就和萨丹辞了出来。

回去时，有两个喇嘛带着一幅兰绫，从俄拉奉嘉木样的命，前来问候。我收了兰绫，取了一幅黄绫，嘱付他们两人代我回候嘉木样。大约昨天我们到这里的时候，黄位中已经命人去通知嘉木样了。

翌日，我和黄位中商议关于组织同盟的各种事宜，决定先行召集四百里内的酋长，组织甘青藏民大同盟，我代他们做了一篇宣言，由萨丹翻成藏文，预备在开会时宣读之后，携赴兰州付印，再向甘青藏民分发。

晨曦带着喜气，映照在昌札赫寺前，我们从一片马嘶声中，向俄拉草地出发。黄位中骑着一匹高大的白马，和我并骑而行，一路上闲谈着，走过了几片草地，就在山中纤回地转着，马蹄飞蹴露珠前进，野羊时时从草丛中窜出。从昌札赫寺到俄拉，仅有六十里的行程，所以日影近午，已经离俄拉不远了。

在离俄拉十里左右的地方，蓦然间，右前方的山坡上，三四十匹马，飞一般地远远向我们方面驰来，马上的人，都穿着黄绸马褂和枣红色的大袍，头上戴着金顶僧帽。萨丹告诉我，佛爷派堪布来迎接了。这一队堪布到达我们的前面时，很敏捷地翻身下马，雁行般整齐而严肃地站在鞍旁，为首一位青年的大堪布，就是嘉木样的次兄，两手捧着一幅黄绫，走向我的马前，恭恭敬敬地说：“佛爷问你先生好！”我急忙跳下马来，但是不知道怎样应对，回头向萨丹看了一眼，萨丹说：“你如果客气，就不要收受这条绫子好了。”我于是双手向那幅黄绫一推，那位大堪布，就也老实地将黄绫收回了。大家重新上马，三四十骑，簇拥着我们前进。转过一个山头，远远望见草地上一带帐幕，萨丹用鞭指着一座上有金顶的帐幕对我说：“佛爷就在那个有金顶的房式帐幕内。”一二十分钟以后，我们就到达了帐前。

在黄位中所住的蒙古式团瓢中，休息了一会，我就和黄位中、萨丹，同去晋谒呼图克图嘉木样。

到达了一所房屋式的帐幕前，黄位中揭开了帐帘，一位十二三岁的小喇嘛，穿着黄绫的僧衣，斜披着大红的袈裟，从里面迎将出来。这就是象征着草地最高信仰的嘉木样。他将手拱了一拱，捧着一幅黄缎，背书一般地说：“愿你安好！”我收了他的绫子，也从衣袋中掏出一块兰绫，双手捧给他。这样，大家就进入帐内，我和嘉木样坐在两条短凳上，黄位中虽然是他的父亲，但是在嘉木样的逢帐内，是没有坐位的，萨丹是更不必说了。

我和嘉木样就坐以后，蓦然间，看到萨丹将两手一举，就扑在地上，对着嘉木样叩着响头，一会儿，又起来，仍是高举着手，扑任地上，叩着响头，大约所行的是三跪九叩的大礼。礼毕之后，就拿着糖果手巾一类的礼物，匍匐膝行前进，安放在嘉木样的足旁。嘉木样就用手轻轻地在他的头上摸了一下，同时，将一条五六寸长的红绸带，搁在他的项上，这条绸带，是佛力回护着的记号，于是萨丹匍匐后退，到三四尺以外的地方，将绸带系在项上，站立起来，开始给我充当翻译。

这是一个神秘的孩子，他虽然被一部分人类高举在天上，教他代表万有和一切；然而他终是天地间的儿童，局促地坐在短凳上，至于不敢向我正目而视，只是注视着足下狼皮地毯。我开始说：“在路上，听到佛爷身体很好，我很喜欢。”他嗫嗫地说：“谢！谢！”我又说：“这件官司，请放心，我愿意尽我的力量，在短时期内，请佛爷回住拉卜楞。”他又说了一声谢谢，于是乎我们的谈话就完毕了。我觉得这次短时间的谈话，多少是会有戏剧的意义的。

回到黄位中的团瓢内，略事休息，和嘉木样的叔父称为“相座”的，谈了一会，就回到自己的篷帐内去。

第二天，黄位中派人分头去召集四百里以内的酋长，我和萨丹，同去隔山的部落内游玩，在一家毡帐内，吃了一顿羊肉。在洮州时，看到他们还有一种羊肉的吃法，是将羊肉脔灌在猪肠内和内地的香肠一样，蒸熟之后，用刀割着，一段段拿在手内大嚼。但我因为生平怕蛇的缘故，看到这种容易联想到蛇的形状的食品，心里就微觉发呕，所以未敢领略这种佳味。近晚，大家骑马同归帐内，今天我骑的那匹黑马，本来是“相座”的，在路上发起性子，几乎将我掀下马来。

有一天，近地的藏民，叩请嘉木样到部落中去念经。七八十个穿着黄缎马褂的堪布，拥着一乘黄缎所札成用八个人扛着的轿子，仪仗非常威严地向草地走去，远近牧马的男女，都向着轿子伏拜。据萨丹所说，嘉木样每到一个部落中去念经，部落中每家就得孝敬一百两银子，佛驾光临的代价，总也算不轻了。

在酋长们未来以前，长日无事可做，仅有几位堪布和喇嘛不时和我们来谈话。嘉木样的幼姊，是一个十四岁的女孩子，天真烂漫地穿着男子的装束，也常常到帐内来游玩，我变通了儿时“捉曹操”的游戏，教他们“捉马麒”，光阴就这样无聊地消磨过去。

常常有些从近地来的男女，整天绕着帐幕走圈子，他们以为这样可以禳灾得福的。

有一天的下午，看到同来的阿洪，向一个藏民买一块羊须所织成的毡。那个藏民，讨价是二两银子，阿洪给他两块钱，还是不肯出卖，后来阿洪用带来的一斤红糖，和他交换，就欣然答应了。从这件事情上，我们就可想见草地上物质的缺乏了。

七八天后，酋长们陆续应召到达了俄拉草地，共计来会的二百三十余人，每人还带着四五个护送者，广大的草滩上，搭满了各色帐幕，炊烟涨大，人喊马嘶地，冲破了草地所有的寂寞和虚空。

半晴半阴的天气，二百三十几个穿着羊皮袄的酋长，围坐在黄位中团瓢前的草地上，最初由萨丹给我当翻译，对他们解释甘青大同盟的意义和组织。在演讲时，忽然天空降下一阵豆大的雹子来，但他们仅仅把头向羊皮袄内一缩，依然很镇静地谛听着，到我演讲完毕时，于是几位势力较大的酋长词锋展开了。

藏民真是一个善于说辞的民族，他们口若悬河，滔滔不绝地说明此后对于大同盟的拥护和责任。一个完了，又是一个，延续到三四小时之久。最后由盟主黄位中宣读誓词，各酋长起立表示敬意，同时，黄位中又宣布这年10月间再在西昌庄举行正式结盟，并邀我届时也去参加，我当时虽是慨然答应着，但是事不由人，终于使我永远对他抱着失约的缺憾。初次的盟会，就在这天闭幕了。

晚上，有许多酋长到我们帐内来，他们对于我所说“团结起来，自求生存”的劝告，表示完全接受的诚意。

酋长们将要陆续回到自己的部落里去，我也觉得此间暂时无事可做，决计先回兰州，帮助他们解决和马麒的纠葛。事前，我命萨丹代表声明，所有馈贻，一律不受；因为我知道藏民的风俗，如果临时拒绝馈贻的礼物，就会使他们感觉受着一种极大的耻辱样的。但是在临行前的一天，黄河南岸一百多个酋长，都满坐在我们的帐外，最前的酋长，拿着一百两银子，诚恳地说：“不算什么馈贻，不过给先生路上喝喝茶罢了。”我当时拒绝接受，我对他们说：“拒绝你们的厚赐，我知道你们或许以为是一种耻辱，但是我们汉人，无故收受别人的馈贻，也是一种耻辱，总之，我心领你们的盛意是了。”但是他们仍是坚执着，拥护在帐前，不肯让步。我后来想出一个办法，就对他们说明，将这一百两银子，以二十五两给萨丹，其余悉数代他们捐入兰州革命青年周刊社，这样，他们才一齐退去了。不一会，黄河北岸的酋长，也拿着一百两银子到帐前来，我没奈何只好仍是用这个办法发付了。

翌天，骡马都配备待发，我去辞别嘉木样，这次见面，他不比初来时腼腆了，我一进了帐门，他就天真烂漫地用手拉着我的右手，向里面走去，笑窝留在颊上，显出儿童固有而可爱的活泼态度。

这真可说是一个人间可以怜悯的幼童，他的一生，被人们在一种模型中雕刻着，每天关闭在帐幕里，喂他一些酸奶和羊肉，从朝到晚，教他念着经。有时偶然说出一句不祥的话，他的师傅，就拿着戒尺，先在他的面前，恭恭敬敬地行了三跪九叩首的大礼，然后再用戒尺，打他的手心。所以他平时只要看到他的师傅，向他跪拜的时候，就知道恶运已经来临，哇然地哭出来了。

出了嘉木样的帐幕，马前拥挤着许多草地上忠实的朋友，大家恋恋不舍地相对默视着，我忍着心，用鞭向马一挥，马蹄践踏着含露的青草，于是乎我们就走上兰州的归途。

三四十位堪布们，骑着马，护送我们直到十里以外的山坡上，我阻挡着他们前进，大家遂从此分别了。

渡过了黄河，仍向旧洮州迂道回兰州，前后计程五十多日，当我回到兰州的时候，猛然如梦中的春雷所惊醒，中国的时局，正在剧烈地发酵了。南方的国民革命家，已经攻下了湘赣，远羁莫斯科的冯氏，已和于右任连袂回国，收集南口溃退的残兵，9月17日，在五原誓师，参加国民革命。两个月的草地旅行，使我和这个世界隔绝了音息，然而当我再投身到这个世界的时候，我竟突然看到东方的天际，流动着缦烂的红霞，曙光一线，映照着大地了。

别矣皋兰山

南口陷落的消息，传到莫斯科附近的村落中，冯氏就仓皇地和于右任、刘伯坚等，取道库伦，向五原驰进，将近五原，宋哲元前去迎迓，冯氏匆促地问宋哲元说："在五原还有多少部队？"宋哲元回答说："仅仅只有四千余了。"当时冯氏豪气万丈地说："多了！只要有四百人，我们就能有所作为的。"

一辆天外飞来装载着新生机的汽车，到达了五原。勇气奋发的冯氏，集合了所有的残部，站在一条短板凳上，激昂慷慨地完毕了一场讲演，这些士兵，受了这唯一的领袖的激刺，士气就渐渐振作起来。

南口失败后，国民军中石友三、韩复榘、郑金声三位军长，为保存实力计，算暂时投降了阎锡山，驻兵在绥远包头一带，当时绥远都统商震，仅带一旅军队，驻扎归化城，实际上完全是在韩、石、郑等武力监视之下了。

不过几时，冯氏就了国民军联军总司令职，亲自到包头去收拾旧部，韩复榘就从归化到包头去见冯氏，一见面，就对冯氏说：司令如果要商震，我今天就乘夜车给你带来。"但是当时冯氏只笑了一笑，劝他不要鲁莽从事，暂时回防地去等待后命。

不久，阎氏也派代表到包头来见冯氏，解释这次出兵大同，截断国民军的归路，乃是一时的误会。冯氏也谦虚地回答说："自己远在异国，小兄弟们，不了解阎省长的衷怀，以致引起双方的误会，兄弟深为惋惜！但愿此后永远推诚相与”云云。“误会”两字，在中国历次内战结束以后，应用得非常巧妙而广大，杀人的魔王和魔王的中间，每每借着“误会”两字，当战云初消的时候，就握手欣然地聚餐，在这次阎氏代表和冯氏的谈话中，更加将“误会”两字的精义，发挥尽致了！

后来阎氏的代表，对冯氏说：“总司令有援陕东征的计划，阎省长以为莫如派一路军队，从陇东进攻，另派一路军队，穿着晋军的服装，假称晋军援助刘镇华，取道山西，渡河向西安前进，双方夹击，陕西的局面，就可不日而定了。”冯氏当时笑着说：“这是最好没有了！我可以派韩复榘一军，假道贵省，截击敌人的后路。可是我们现太穷困了，枪械缺乏，服装也不易设法，而且连开拔费也一时无着，怎样办呢？”阎氏的代表得了这个答复，当即愉快地说：“这倒容易，阎省长是很愿热诚援助的。”

不久，从山西送来一万套服装，五十万现款和许多的枪弹，当时韩复榘预备即时向山西开拔，到包头来向冯氏请示。冯氏冷冷地对他说：“我们还是从甘肃走罢！多走一点路，不要紧，因为这条路是安全多了，如果在中途被人缴了枪，这不是玩的。”当冯氏自己在西安叙述这段趣事的时候，面上充满着胜利的微笑。

溃兵渐渐地收容起来，整理起来，冯氏以国民军联军总司令，自兼第一军军长，同时第五军军长方振武，第六军军长弓富魁，第三军孙岳所部徐永昌，也都率部来会，军势因此大振；但是这时联军的部队，非常复杂，而且河套荒凉，粮秣非常困难，加以大败之后，军纪因此废弛，至于无法维持。刘汝明的一师，在开入甘肃时，沿途常常枪杀住民的牛羊来暂时充饥。至于弓富魁的一军，完全是土匪所组织，因为中途抢劫石发三部的枪械，被石友三在石嘴子，完全将枪缴了。听说弓富魁每每提起这次缴枪，就将桌子一拍，高叫一声“啊唷！”表示无限痛心的意思。自然，在后来有许多土匪军队，大做着革命的买卖，不过弓富魁是其中的不幸者罢了。

当我回到兰州的时候，孙良诚的军队已经扫荡了甘肃的敌人，追击到陕西凤翔以东。我见了刘郁芬，告诉他一切情形，同时要求他迅速命令马麒的骑兵退出拉卜楞。当时刘氏蹙着眉头说："现在我们的队伍，都在陕西境内了，我要下这个命令，他如果不服从的时候，我就更没办法了。要是队伍在这里，我就可以用力量教他服从。所以这事只好待我慢慢设法办理的。”我听了他的话，觉得也是一种事实，所以只好将这事暂时搁起。直到后来，我到了西安，去见于右任，要求于氏电促刘氏迅令马麒撤兵拉卜楞，那时，马麒因为不敢违抗，只得遵令退出拉卜愣，这事才算告了一段落。然而我和黄位中临别时约定在次年同赴西康一带，进行联络藏民的工作，终于成为一种虚愿了。

9 月 17 日，青天白日的旗帜，开始飞扬在五原的天空，冯氏举行了誓师的典礼，同时宣传有名的出师誓词。从这誓词的发布，西北的社会，跟着就起来了一种蠢蠢的骚动，当时人们对于誓词的观念，是认为非常严重的，不比得现在，人都已有了相当的经验，只当作官样文章看了。一批一批的政治领袖，到了环境变动的时机，纷纷然就将当初的誓词，抛到厕所里去。自然，这些聪明才智的人物，他们当然不会再来怕五雷殛顶，或者死在千刀万剐之下的。至于信义，没有官和金钱来得现实，更可以不必顾虑了。其余像宣言通电之类，不过都是些暂时游戏的小品，和市侩们“秋季大减价”的广告一样，更谈不到实践的义务的。

但是无论如何，当时的西北，却因此激起了革命的潮头，潮头冲击着西北的城市，于是乎兰州沸腾了。真的，在革命的高潮汹涌而澎湃的时代，黄狗都会唁唁然狂吠着来参加革命的，然而这些骨子里反革命的东西，一到了热潮偶然低落的时候，它们就立刻掉转尾巴，钻入反革命的狗窝中，向整个的革命反噬了。

不过这些只是我们在以后经验中所得来的感想。在当时，我们以为革命的石碑，将永远镇压在这些巨龟的背壳上了。我们也明明知道革命的队伍中羼杂许多投机的分子，但是我们以为在革命的命令之下，他们是无法叛变的，终究我们是变成时代的傻子了！

墟墓样的兰州，立时显出一种新的气象，我们都以为革命的黄金时代就在目前，连冷庙里的土偶，也似接受着动员令了。尤其是那些兰州教育界的聪明人物，每天都在设法证明他们对于革命是有如何相当的历史的。有一天，在一位朋友的家内，碰到甘肃第一中学的校长张璞，他对我唾沫横飞地表扬他曾在十几年前参加过革命。据说：当时这位伟大人物，曾在上海和中山先生商议集合同志在甘肃起事，中山先生接济他二十万元的公债票，而且预备从俄国用飞艇运送军械到甘肃来，后来因为没有相当的飞艇场，所以此事终于作罢了。言下不胜其扼腕太息，懒懒地打了一呵欠之后，就走到小便桶旁边，吞了三颗烟泡。老前辈的革命精神，就是这样令人五体投地的。

除了张璞以外，宣传着自己是同盟会老会员的，更是满坑满谷，如果将他们每人的铜脚眼镜取集拢来，恐怕就可以开设一爿眼镜店了。然而无论如何的丑态毕现，在当时，我们都不曾感觉厌恶。我们以为，至少这些人都能为革命呐喊助阵的。

省党部的门前，渐渐地热闹起来。穿着土布大褂的中学生不断地来索取关于党的宣传品。北京方面也来了几位国民党的党员帮助办理党务，于是兰州市党部，也组织起来了。

刊物方面，除原有的《革命青年》周刊以外，同时，在督署方面捐了一笔款子，创办了一种民声周刊。后来第一中学学生所办的《醒狮》周刊，因为经费支拙打算停刊，市党部常向醒狮社交涉，以学生中的党员接办为条件，经费可由市党部接济。于是兰州的出版物完全清一色了。

党员日见增加，我们开始了训练党员的工作，这时钱君已到陕北去运动井岳秀的部队参加革命，因此我的工作，更加忙碌了，加以党部经费的支拙，使我们更感觉许多党务上进行的困难，后来我向刘郁芬去接洽，暂时由督署每月接济四百元，才勉强支持过去。

革命的初期，人们都会将革命当作一种喜剧看的，许多青年的党员喜欢寻找东奔西走的工作，事实上就借此逃学了。有时他们都挤在党部内，谈些闲话，剪些纸花，厌恶讲堂的生活，至于极点，我们有时劝他们回去上课，虽然也垂头丧气地上课去，但是他们的神情，好像和逮捕入狱同样感觉痛苦的。

不过几天，冯氏派了沙月坡、邓长耀两位代表，从五原来兰州宣传三民主义，一时兰州城里，来了这两位革命的明星，波涛更觉汹涌万丈。兰州市党部，在沙、邓两氏吃了刘郁芬洗尘的筵席的第二天，召集市民，开了一个欢迎大会。

朝日映在督署前的广场上，讲演台的前面，交叉着党旗国旗，各团体和市民在台前拥挤着，于是猴戏就开演了。最初由省市党部和各界的代表，致了欢迎词，沙月坡就从容地走到台前，准备宣传三民主义，我一方心里不免暗暗替他着急，一方却要看看这么一位理学名臣怎样来做这篇三民主义的八股文章，或许他这次由兰州去谒见冯氏的一个月中，已经学习了不少的革命理论，亦未可知；然而这些都不用多管，因为这时他已经站在台前，手舞足蹈地发挥着宏言谠论了。第一股的民族主义，从颂扬孝悌忠信的民族精神中，草草地说了过去，第二股民权主义，就继续开场了，他吐了一口革命的痰，然后大声说："什么叫做民权呢？"扳着指头数着说："就是立法，司法，行政，选举的四权，"说了之后，只剩一个小拇指高高地翘着，于是台下的群众，都默默地点着头，可是我真觉为难了，我似乎被一个天外飞来的强人，批了一个嘴巴。

沙月坡鞠躬而退，邓长耀就缓缓地走到台前，他是西北次于薛笃弼的二等政治家。其所以获取政治家的条件，惟一的原因，是因为能够提倡天足。在有一次演说中，他曾表扬自己的功绩说："当兄弟在绥远道尹任上的时候，唔！唔！绥远全体妇女的两脚，差不多是都搁在兄弟两肩上的。"我为他这几句妙谈，曾经发松了好几天。到后来，他在陕西民政厅长的任内，限令各县县长，按月缴送若干妇女的缠足布，以缠足布的多寡，作为铨叙的标准；同时民政厅的大堂内，缠足布成阜累山地陈列着，这就是邓长耀一生伟大的所在。同时他还有一种绝技：就是长于高唱梅花大鼓，咬字辨声，都有独到的工夫。每次讲演开首就唱他自己编著的鼓词，所以一般人，都送他一个尊称叫做"邓大鼓"。

当时，他在台前态度庄严地站了一会，慢慢地说："诸位！今天承蒙欢迎，兄弟不敢当，唔！唔！兄弟有几句鼓词，请诸位听听。"于是乎锯木般的歌声，突然破空而出："中华民国十五年，……嗳……嗳……嗳！先烈创造多艰难，……唉……唉……唉！"邓长耀开始发挥他的天才和绝技了，台上台下的人，都用手掩着口，不敢笑出声来。唱完了一段鼓词，再继续讲演。但是我从头到底，没有听出他所说的是什么！我只记得他不断地重复说："唔！唔！五原有最高特别党部，委员有冯总司令，有刘伯坚，唔！唔！有冯总司令，……"其余的话语，我什么印象都没有了。讲演完毕以后，还有一次游行，邓沙二人，在队伍的最前头走着，和迎神赛会同样的热闹可喜，然而这是什么一回事！

表面上党务是日见发展了，我们只要看见省党部常委田琨君，换上了新马褂，整天价喜盈盈地工作着，就可想而见了。

在欢迎沙邓二人的一天，市党部常委邱君在会场维持秩序。因为指挥偶然失宜，和五族学院的教职员起了冲突。五族学院是沙月坡所创办的私塾。我们当时虽然竭力调解，然而终于无法消除芥蒂。因为五族学院的教职员，多数是基督教徒，不满意国民军的弃舍基督教，而加入国民党，满腔的醋意，无处发泄，所以始终不肯放弃这次攻击市党部的良好机会；同时兰州教育界的人物，也都别有怀抱，乘机思逞。所以和五族学院的教职员，也通了声气。他们从封建思想的窗户中，已经看出了国民党有鹏程万里，飞黄腾达的出路，但是他们不甘追随在人的臀后，充满着领袖群伦的欲望，他们想冲进党的内部来支配一切，使其余的党员，都变成他们的羽翼。为欲实现这个春梦，于是处心积虑地图谋推倒过去在党部比较有信仰和权威的党员。因此这次小小的冲突，就变成我们和封建势力争持的导火线了。

双十节到了，市党部函邀各校参加庆祝大会，但是教职员们一致地借口须有教厅的命令，故意和市党部为难，他们甚至于说："市党部是什么东西！"明白地对市党部挑战。我们知道这种一致行动的后面，一定还有背景存在，决定调查清楚以后，再行应战，所以表面上仍旧保持镇定的态度，只派人要求沙月坡训令各校参加庆祝，总算草草地完毕了这次庆祝的仪式。

这天晚上，督署内人员，在大讲堂内举行庆祝，余兴项内的"笑林"，历来是沙月坡包办的。这位讲学巨子，用着讲经的态度来说笑林。听的人真要替他为难。可是他每到自以为精彩所在的地方，自己就不自然的格格地先笑起来。希望引起台下的听者，跟着他也同声一笑，然而满场总是寂然无哗。前面的几位官长，勉强装着笑容，敷衍他的面子；只有我，却发声笑了。不过我所以要笑的原因，并不是觉得他所说的笑林有什么兴味可言，我是因为看到他的鼻子旁的黑痣，来得特致，不知不觉地就笑起来了。

从双十节以后，兰州教育界的人物，由互相呼应的关系，而进入有组织的结合，渐渐向市党部进攻。我们也严密地整饬党的阵容，以备应战，同时秘密命令已经加入国民党的两位第一中学教员灰色起来，去参加他们的会议，以探悉他们团体的内容和进攻的计划。暗潮从此日渐激荡，不过表面上，暂时还保持着各守阵线的形势。

在当初，我们曾经用普通的观念，来观测兰州教育界的人物，我们以为无论如何，他们总比一般人的思想进步些。然而我们根本错误了，我们根本没有认识他们的政治背景，我们只以为他们是一批简单地过度着粉笔生活的清洁职业者，这种粗忽的观察，几乎使我们临阵至于惊慌失措。

然而最后，我们认识了这群狐狸的原形，除了少数外省人受聘来甘，和离开北京学校生活未久的教员以外，其余都是甘肃的小绅士。这些人，在社会上都有相当的权力，他们所以要溷迹在教育界内，无非为便于活动起见。在历次甘肃的政变中，他们都在牛载坤指挥之下，摇旗呐喊，一迎一送地扮演过“跑龙套”的角色。最近李长清事件，和平番会议的活动，他们也努力在暗中奔走，高呼着甘人治甘的口号。后来狄道城攻破，牛载坤和其余几位甘肃自治委员会的重要人物都活捉住了，脚镣手拷，缚在牛车上，解送兰州，寄押在督署军法课内，这批小绅士还假借着教育界的名义，联名向刘氏要求保释他们的领袖牛载坤。我当时听到这个消息，就去警告刘氏，切勿轻易释放这个政治商场中的市侩。刘氏自己，也以为他人尚可原宥，惟牛载坤罪在不赦，就将他们的保呈，置之不理。从此他们的气焰，虽然因此稍杀，然而他们为图谋恢复过去的地位，时时刻刻仍然存着蠢蠢思动的念头。于是趁着时会，先向我们攻击了。

从邱君和五族学院冲突以来，沙月坡不时向各校演讲三民主义，有一位中学生，给我转述沙月坡一段精彩的理论，他说：“三民主义就是三不主义，何以三民主义会是三不主义呢？就是说，民族主义实行之后，‘不’亦说乎！一‘不’也；民权主义实行之后，‘不’亦乐乎！二‘不’也；民生主义实行之后，人民衣食足而知礼节，‘不’亦君子乎！三‘不’也。所以我说：三民主义，就是三不主义。”这样古奥奇妙的理论，自然大有篡夺戴季陶先生王道正统的希望。然而他的任务，不仅仅在于传道说教，而且进行着一种抢劫党权的阴谋。在演讲中，他不时攻击市党部的职员，同时夸张他自己是在五原“国民军联军最高特别党部”加入国民党的，所以他是一个特别党员，他用这样明显的态度，来示意兰州的教育界，一致反对市党部，于是乎这些代表封建思想的游魂，就蜂拥而起，希图吞食了市党部。同时借着市党部的尸骸，来支配兰州了。

不过几天，兰州各校教职员，假教育会开联席会议，沙月坡主席，反动领袖的黄袍，披在他的身上，有两位教务主任，威风凛凛地站在会场门口，不许闲杂人等，进内旁听，门禁森严，俨然和军事会议一般。然而我们的侦探，却冠冕堂皇地坐在会议席上，他们这些蠢才，不知道第一中学教务主任王君已经加入我们的阵线内了。场中态度最激烈的，就是那位曾经预备从俄国用飞艇运送军械的老革命家张璞和女子师范校长杨肯堂，他俩算是兰州教职员中资格最老的领袖，大约可想而知的一定是一口气抽了几十枪大烟了，所以在会议席上，怒气勃勃，精神焕发地攻击市党部，至于体无完肤。鸦片的神力，使全场充满着敌忾同仇的气概，于是乎他们正式团结起来了。同时，他们看到这样一位官居厅长之职的特别党员，做了他们的总帅，自然更觉得胆壮气旺，目空一切，而稳稳操着胜利的左券了。

第二天的下午，兰州市贴遍了教职员联席会议肃清市党部的宣言，他们开始发挥了巧妙的战术，宣言的意旨，共分三段，最初叙述他们对于三民主义和中山先生的信仰，几乎把中山先生要抬到天上去，其次表示他们爱护国民党的诚意，最后沉痛地说明为爱护国民党，所以非将邱某等一类不良分子驱逐出兰州以外不可，而且立誓不达目的不止。

我的贱名，虽然当时未曾被他列入这一篇檄文内，然而无疑的，像我这样不愿意和他们对卧在鸦片炕上，谈谈钻营的恶徒，当然也逃不出他们所谓不良分子的定义以外的。不过我们这些不良分子，自然不肯轻易的服服帖帖地自动的退出兰州，我们欢迎着他们用力量将我们抛出兰州城外去。这天晚上，省、市党部，召集联席会议，讨论应付他们的方法，结果决定：暂时取以静制动的态度。

第二天，市党部发表宣言，揭发教职员联席会议的内容的黑幕，告诉兰州市民，这些都是小政客的反动结合，他们永远不配谈革命。他们不敢公然反对国民党，却用卑劣手段，想钻进国民党的内部来篡夺党权，市党部为扫除封建势力计，将为教育界驱除这种败类。

宣言发出以后，同时命两位同志持市党部的公函，去警告沙月坡，此后不许再去出席教职员联席会议。然而这位清党运动的领袖，当然不肯放弃他所负的伟大使命，表面上虽然含糊接受。实际上却依然出席第二次教职员联席会议，他甚至于向冯氏电控市党部，这样滑稽的控案，真算是使人耳目一新的趣闻了。

然而我们对于他们的攻击，初时用沉静态度对待着，等待着他们把所有的力量发挥出来，看看他们能够给与我们以什么损失，市党部只命所有青年党员，向各学校活动驱逐张璞和杨肯堂等的败类校长学潮渐渐地起来，他们似乎有些慌忙了，同时我们将各刊物的内容集中在这个斗争问题上，猛烈地向他们攻击，从我们反攻之后，兰州的社会空气，也似乎渐渐紧张了。

越日，我们觉得沙月坡反动的行为日渐显著，要求市党部召集全体党员大会，讨论处置的方法。初时我们因为他是新加入的党员，而且是冯氏驻甘的代表，所以攻击时还回避着他，然而到了这时，为党纪的要求，我们更无法再迁就了。

市党部通告于翌日下午一时在戏院内召集党员大会，我恐怕有些厅长们为调和来麻烦着我，暗暗躲避在督署秘书处马寒禅室内，因为他这时已经升任督署监印官，职务非常清闲，关于编辑刊物等工作，都在他室内动笔。

第二天清朝，我就到市党部去，市党部和省党部本来都在一院内办公，我就到田琨处小坐，闲谈未毕，他忽然坚决地主张延缓党员大会开会的日期，我当时问他什么理由，他支吾了半晌，仍然坚决地说：“今天开会是太急促了，我的意思一定延缓到明天下午。”我说：“会期的决定，是市党部的权力，省党部没有干涉的理由。现在通告已经发出了，如何能轻易更动？况且急促也无所谓急促。我也是一个兰州市的党员，不愿接受无理由擅自改变会期的通告。”他听了这话，突然怒气冲天地站将起来说：“无论如何，我是主张明天开会的！”我初时总是不懂他要延缓会期的用意，到了这时，才恍然大悟，我知道这是沙月坡的魔力的表现，大约田琨君预备在这一天的犹豫里，给沙月坡效劳了。一个省党部的常委，在这样剧烈的斗争中，态度忽然闪烁起来，而且这些新加入而意志幼稚的党员，如果一经他的活动，我们的阵线就会完全崩坏了。我想到这里，就蓦然起立了，从裤袋内掏出手枪，愤怒地说：“不论是谁！要是反革命，我就用这个东西对付他。”这真是一服灵药，他一言不发就颓然地坐在椅上了。

在几月以前，因为党部要开除一个土豪的党籍，他惴惴地对我说了几次，他说：“那位土豪，是拿着手枪乱放的暴徒，开除了以后，假使来找我寻仇，怎样好呢？”我从此就知道他是怕手枪的，今天一经试验，更证明他对于生命的宝贵了。

邱君等听到我们的争论声，都进来讯问为什么事。我问邱君说：

“市党部会期的通告，是否有所改更？”他说：“当然是不能改更的。”我就默坐在椅上，决计坐待开会时间的到临，监视着一切，不给任何人以活动的机会。

不一会，警察厅长赵席品，派了一位科长和督察长到省党部来，给我们和教职员们调和。我当时对他们说：“如果我们有什么扰乱秩序的时候，就请厅长派警监视好了，至于调和，你们厅长还没有加入国民党，这是我们党内的问题。他的善意，我们虽然感激，可是他是不便来调和的。”那位督察长当时就说：“那末我们请邓道尹来调和，好不好？他不是已经加入国民党了吗？”我说：“如果邓道尹要来调和，无异给敌人说话，照党纪就得开除。”这话一说，他两人都哄然笑起来了，那位科长说：“据你先生说，赵厅长因为没有入党，所以不能调和，邓道尹既入了党，又是不能调和，那末这事怎么办呢？”我也笑一笑说：“这是很明白的，换言之，就是不能调和的意思。反正你两位回去告诉厅长，我们尽量注意社会的秩序就是了。”他们再坐了一会，觉得没意思，就兴辞走了。

十时左右，省署政务厅长胡叔惠骑马到党部里来，一进门，就向我说：“黄先生，在花苑里找了你好几趟，都没有见面，今天可碰着了。”我知道这又是一位难于应付的和事老，当时我心里想着，只有教他没有开口机会的一法，连忙迎上去说：“前几天失迎了，胡厅长今天大约是来调查事实的真相的，那是地方长官当然的责任，我们很愿意详细的给厅长报告一下。”他诺诺地应认着，向炕上一坐，我于是从头到底叙述这次事件的始末，故意地延长话头，讲演般的，滔滔然无有停止地说去，有时我看到他要想开口说话的样子，就突然将声浪提高，使他没有插嘴的机会。这时田琨君大约已经觉悟了，不时地补充我雄谈中遗漏下的意思，但是到他说话将完的时候，我又紧接着大发宏论了。

胡叔惠在这样情形之下，大约坐了一个钟头，始终没有发言的机会。没奈何，只好站将起来说："这件事情，可以和平解决，总是和平为上，我此来也不过想来明白这件事情的内容罢了。"于是我们都恭恭敬敬地送他到大门以外。在回到党部办公室内的时候，我满满地喝了一碗茶。

匆匆完毕了午饭，就到戏院里去开会，党员都陆续来到，到会的共计一百十余人，惟有沙月坡大约事前微有所知，不但没有出席大会，而且到省教育会去参加教职员联席会议了。因为教职员们知道我们今天要开会，所以也召集会议，讨论对付我们的方法。戏院在督署东边，省教育会却在督署西，我们和敌人隔着督署，而遥遥对垒着。

大会推举督署宣传员李印平君为临时主席，开会以后，会场空气非常紧张，李君指定我报告这次事件的经过，我约略叙述了教职员联席会议对于我们进攻的情形。同时揭破沙月坡借党外的反动势力，来篡夺党权的阴谋。当我走下讲台的时候，就有一位同志提出先行惩戒沙月坡的动议，多数党员都拍手欢呼，有一位同志起立，主张永远开除党籍，同时，党员中却有一位警察署署员殷盱，表示反对，他主张由大会派出代表警告沙月坡，如果他不接受，再行讨论处置办法。田琨君也从而附和，我当时起立大声说："警告，对于沙月坡是还适用的，因为市党部曾经警告过沙月坡，但是他完全没有理会过。我们现在要去警告他么？可以的，到省教育会议事场里去，他正在做教职员联席会议的主席。大会如果对于这样反动有据的党员，还要伈伈伣伣地敷衍着，那末我们可以将党部附设到省政府里去。主席：我主张开除党籍六个月，这是比较和缓的处置，因为我们不愿因此和省政府造成过深的裂痕。"

我刚说完了话，殷盱就骤然站了起来，脸上的麻点，点点飞红地大声说："兄弟在北京的时候，是常常开会的……"我接着说："可是今天却在兰州！”后座哗然起了一阵笑声，似乎神气沮丧了，声浪就低了下去，支吾地说明，仍然保持先去警告的意见，就默然就坐了。于是主席将这三项意见付表决，结果沙月坡获得了开除党籍六个月的处分。

在大会将毕时，我演讲中有一段说：“在过去我们的党，是停滞在半生不死的状态上，现在敌人向我们进攻了，我希望同志们大家兴奋起来，从奋斗中去培养党的权威。”谁知这几句话，却触动了田琨君愤怒，他立刻站起来说：“黄同志！我是半生不死的，那末我走好了。”说着就向门外走去，有几位同志就拉住他，并代我解释说：“党并不是你个人，陷入半生不死的状态里，党员都有责任，而且我说的是党在某种环境里面，客观的就会显示半生不死的状态的，所以请你不要误会！”他听了我的话，才渐渐气平了。在散会的归途中，我要求他不要介意今天上午触犯他的前嫌，他也欣然表明对我完全谅解的诚意，我们从此就握手言归于好了。明天，市党部满街散发特别启事，说明沙月坡开除党籍的理由，并派党员沿街讲演，攻击沙月坡和教职员联会。沙月坡在这样意外的猛烈袭击之下，才了解不良分子的权威，同时羞耻心也发现了，整整的在被窝内睡了三天。

从沙月坡被开除党籍以后，兰州市所有党员，全部动员向反动派进攻，教职员联席会议竟就此震栗而退缩了。他们以为这些不良分子，甚至对冯总司令的驻甘代表，和现任的教育厅长，都漫无所忌地加以攻击了，于是乎吓倒了，惊退了，销声匿迹地，仍然躲进鸦片炕上去。无论沙月坡以后还想撑持门面，向他们声明：“我是特别党员，他们是不能开除我的，”然而他们终于再没有勇气来对我们应战了。

这时，省府各厅长和督署参谋长杨耀东，都纷纷来从中调和，纠缠着我们，使我们无法拒绝，没奈何，提出了最低的条件，让沙月坡自动的将张璞和杨肯堂二人驱逐出兰州教育界外，同时解散教职员联席会议的反动组织。然而他们对于驱逐张杨的条件，却始终不肯答应，于是我们不得不拒绝调和。

有一天晚上，许多厅长们，正在督署参谋处包围北京新来的党员李寒山君，李君在甘肃青年中，是比较有些群众的党员，而且也是田琨君的旧友，他们这时认为我是一个激烈分子，是不太了解圆通的意义的，所以就转念到李君身上去了。那时我正在省党部，有一位军队中的同志进来，神秘地向我说："杨参谋长在参谋处等着你，有事相商。"我于是就匆匆地走到参谋处，跨进门限，一大批厅长大人都围坐着，偏偏不见杨耀东。沙月坡正和李君说着话，李君笑迷迷的听着，因为我进来，语声戛然地停止了，沙月坡面上更现出一种沮丧的神气。我这时完全明白了，那位军队中的同志，是用计教我来破坏他们的勾当的，我于是将帽挂在帽架上，默默无言地坐在椅上，监视着他们，全室就此静默了。

偶然回过头去，看到杨耀东探头向门内张了一眼，就立刻缩回了头走去了。等了一会，参谋处的传令长走进来，附耳向我说："参谋长请你。"我虽然明明知道这是调虎离山的把戏，但也没法，只好起身到参谋室去。就坐以后，他开始劝我将这事和平了结，我说："照我们的条件办了，就是和平了结，否则，只是所谓含糊了结，等于不了不结。况且关于党的事情，个人也没法作主的。"他又低声表示很亲切而机密的神情说："我的意思，我们现在表面上不妨暂时和他联络，到将来，我们只要暗中一击，就可将他们击溃的。"说到这里，用拳向桌上一敲，表示这是一个奇计。但我却冷冷地说："这是国民军惯用的计谋，你看联络张作霖之后，又去联络吴佩孚，联来联去，现在的南口怎样了！这些计策，我们不敢效法。革命党对反动派，是永远没有联络的机会的。"他听了这番话，两颊上红云涌了起来，更添了不少的妩媚，我又笑了一笑说："总之，像你这样一位大参谋长，费了这番苦心来调和，如果你还要砼砼地成全张杨二人，让他们仍然在兰州捣鬼和胡闹，这是我所不了解的。”他想了一回说：“我们慢慢再设法转圜罢！请你去转请党部，暂时停止攻击，好不好？”我说：“不过时间要有限制的，我们为尊重你们的意见，暂停三天，是还可设法的。”说到这里，他出去小便了。我就叫一位传令兵，去请李寒山君，说是参谋长请他来谈天。不一会，李君来了，见我独坐室内，笑着问我说：“不是参谋长找我么？”我笑着对他说：“不是，是我给你来解围的。”过了一刻，杨耀东回来，见了李君，微微现着惊诧的神情，他知道调虎离山的计划失败了。

第二天，刘郁芬差人来找我和田琨君邱君李君等谈话。他洋洋洒洒，用地方长官的口吻，劝告我们从速将这件争端和平解决，我打断他的话头突然问他说：“那末督办主张在什么条件之下解决呢？”田琨君用教训我的态度，向我说：“等督办说完了话，你再说罢！”我听了这句训话，心里有些发起瘀来，掉头不去理会他，只听着刘氏答复。刘氏面上现出不悦的神气说：“我的意思，就是这么算了！双方都不提什么条件。”我正色地说：“今天我们来见督办，是早已觉得有一种困难的，如果我们不听督办的劝告，似乎有些难以为情，要是听了督办的话，我们就对党不起了，所以这点，只好请督办原谅。如果张璞和杨肯堂两人不驱逐出兰州教育界，我们是不敢不凭自己的力量，和他们奋斗的。”刘氏笑了一笑说：“那末慢慢设法解决罢。”我站了起来说：“如果两天内不解决，我们就得按照党部的议决案做去，今天就此预请督办谅解。”于是我们都出来了。

第二天，杨耀东到塔影簃来向我说：“条件是这样，张璞限十天内撤差离校，杨肯堂限二十天内撤差离校，就请你们算了罢！”于是这一个革命的斗争，在衙门的和解之下，暂告结束。我们是擎着胜利旗帜的，而实际却宣告失败了。

不久，冯氏下令各师旅组织政治处，刘氏因为在甘肃寻找政治工作的人才，是一件困难的事情，办了一所政治训练人员养成所，命我担任教务主任，最初办了一期特别班，受训练的都是督署的宣传员，生吞活剥地三礼拜就毕业了，以后续招了三十名的中学生，继续从事训练，预备三个月毕业的，但是在未毕业以前，刘郁芬委我为第二师政治处长，于是乎我做了官了。

这时，孙良诚率领着第二师已经进援西安，在咸阳一带，和刘镇华激战，因众寡的悬殊，情势非常吃紧。

我匆匆地找了几位工作同志，少校科员刘少祖和王鲁楫，本来都是督署的宣传员，教官王奋骅，是兰州市党部青年部长，马寒禅为友谊关系，也愿意随我去当少校书记，还有一位是录事澹台云，连我自己共是六人。

采办了些旅行中应携带的物品，雇定了三辆骡车，预备即日起程，向前方出发。

在一个初冬的朝晨，我辞别了送行的朋友，车声辘辘，离开了消磨我一年余光阴的兰州。塔影簃前的明月，和五泉山麓的清溪，都使我轻轻抛弃了。芹仙恋恋不舍地直送到空心墩前，然而人间从来是有别离的一回事的，所以我们终于分别了。

兰州的城堞，渐渐灭没在树梢头上，离绪萦回在心头，车夫叱骡前行，四野都淡然无色。让我去瞻临这长安古都。

时代的黄昏

近暮，车抵响水子，战后的山村，更觉得触目荒凉。投宿在一家颓废的旅店中，三个车夫，轮流看守着骡马，为警戒盗贼，彻夜漫声地呼喊，使人时时从梦里惊醒。

晓发甘草店，阴云渐渐遮蔽了红日，大地陡然现出惨淡的气象，下午，天上飘飘地飞下雪来，我们冒雪前进，人马都觉得寒颤了。

在称钩驿一宿，到达了定西县，雪已住了，投宿在城外的客店中。澹台云的长兄澹台浚，在此充当县长，就进城去看望他，围炉闲谈多时，直到深夜，才踏雪回店。

从定西东行，就走上清凉山，天气晴好，我骑马先行，想借此玩赏雪景，山路崎岖，更加宿雪已冻，滑溜得不易行走。约莫走了一点多钟，到了山巅上的一家小村，村名十里铺，村外一带冈峦，还留着梁冠英旅和张兆钾军激战的痕迹，积雪中尚可隐约认出蜿蜒的壕沟。等了一回，寒禅和少祖等，也陆续步行来了。我们向居民买些煨芋吃着，借凳坐在门外，曝日取暖，等待骡车的来到。山谷中时时回荡着一阵阵车夫吆喝声和鞭策声，但是始终不见骡车的影子。过了半天，才见车夫汗流满面地赶着十二个骡子，拉着一辆空车，到了村前。原来滑溜的山路，空车也不易转动，车夫只好将三辆车上的骡子，先行集中在一辆空车上，拉到山巅以后，又回到山麓，拉上一辆空车，所以到了第三辆车子，到达山岭时，我们在十里路的行程中，却费了五小时的时间了。

沿路都办着兵站，供给面粉和葱豆，所以人马没有饥饿的忧虑，要是没有兵站，在这些沿途兵灾匪灾蹂躏过的劫后驿站上，我们真不知怎样来解决我们的肠胃问题。像会宁和静宁这些县城内，除了面条和大饼以外，也找不出其他的食物。至于隆德县，简直是一座空城了，当我们的骡车，进了西门的时候，车旁只是一片荒芜的空地，等到走入了有几家铺面的冷街上，我们却已经到达县城的东门了。冷落的景象，真使我们发生置身在荒僻墟落的感想。这一带的人烟，从前本来是不象这样寂寥的，在1923年大地震的浩劫中，不少的村镇，连人连屋，埋在地的底层了。除是百千年后的考古家和地质学家或许偶然去发掘一二出来，不然，就永远不会再来占据这个世界的空间。其余劫后幸存的城镇，也多被摧毁成一片颓墙败垣了。在经济和文化落后的甘肃，我们常常看到许多大树的枝杈从泥土内探头出来，这些植物，也从天地巨变中，注定了几万年后变成煤炭的命运了。

离隆德县后，沿路常见红柳夹道成林，这些树木，本来是左宗棠领兵到新疆去的时候栽植的。从长安西门，一直载到玉门关，数十年来，经樵斧的采斫，和牛羊的践踏，所剩已属无多，其仅存的硕果，却不管世界的废兴，已经大可数抱了。

踏着白皑皑的晴雪，我们登陟了素服的六盘山。这里是蒙古大可汗成吉思汗马蹄最后践踏的泥土，然而嵯峨寂寞的空山，只有白雪自来自去，我们寻不出这位横逸古今的怪杰一丝一毫的遗迹。山道逼窄，仅仅能通车辙，骡车由山麓经过六度的盘旋，才到达了山巅，陇西道上的旅客，没有人不将六盘山当作畏途的，但是这次战争中，张兆钾军队，据守着六盘山，国民军仅仅向山上开了三炮，他们就放弃这险要的阵地，向平凉方面溃逃了。

在平凉，我们预备休息几天，准备一些传单标语和旅行上所必需的物品。暂时住在张兆钾的私邸内，富丽堂皇的洋楼，玻窗四敞，在甘肃真算是不经见的琼楼玉宇。我们不知道他压榨得多少民脂民膏，堆积了这样近代式的建筑物，然而到了如今，只落得给我们做临时息肩的馆舍了！我们都分住在三层楼上，我的卧室内，还留着一张铁床，两年以来，我尝尽了板榻土炕的滋味，当第一次投身在这富有弹性的被窝里，全身只感觉一种发痒的舒适。

第二天，陇东镇守使安树德请我吃饭，满桌摆着清真式的盛馔，然而这不过是他装做着回教徒的门面罢了，其实他平时是常常关着门偷吃猪肉的。席上，他告诉我："第二师已经攻破了镇嵩军，八个月来关闭着的西安城，总算就此四门大开了。"

从平凉出发，到白水镇。镇内的客店都已歇业关闭了。我命鲁榕去找住宿的房子，他看到一家有白布门帘的房屋，就走了进去，讯问有空房子没有？有两位脂粉满脸的女子，笑迷迷地回答他说："空房有在这里。"他于是满心欢喜地出来了；在门外，碰到一位商人，告诉他："这是娼寮。"才嗒然若丧地归来，后来我们在闲谈中，每每将他这件事，做笑谑的资料。

沿泾水东下，到达了泾川县。县长杨君本来是第二师四旅旅部的军法官，和寒禅等都是朋友，他本来是一位谨愿的青年，但是从就任县长以来，就沉浸在嫖赌的日常生活内了。所以人们只要放在大人老爷的环境里，就会变成大人老爷的，环境是始终支配着人类的行为。

从泾川向东，全是走着崎岖的山路，我们开始踏入陕西的境内。这天，我所骑的那匹马，不知道被什么东西吃惊起来，突然向旁边一蹿，要不是我敏捷地勒住丝缰，人马就都葬身在悬崖之下了。这匹红马，本来是黄位中在俄拉送给我的，它生长在青海的草地上，除了青天和青草以外，什么世面也没有见过，一到内地，和乡下人进城样的，什么东西都能引起它的惊奇。有一次，在兰州城里，迎面来了一辆自行车，它就猛然向店铺的门前一蹿，那根椽子，几乎将我的脑壳碰得粉碎。近来它还算是增进不少的阅历了。

车过长武城外，只见大路的要隘上，东一簇西一簇的红枪会都拿着枪刀把守着，但是对于我们，并不加以何种留难，默默地目送我们通过。不及几里，我们到达了水口镇，这里有红枪会的机关，我带了寒禅和传事兵刘瑞龙去问他们把守要隘的原因。原来是长武城内有一部国民第二军的军队因为抢劫近城的村落，被红枪会包围在城内了。

晚上，我写了一封信给冯氏，请他派兵将城内的土匪军队缴枪遣散，勿使居民时时惴惴然防御着，听说不久之后，这部分匪军，就被石友三部，将枪缴了。

在邠州，驻着一部分第二军的军队。兵士都散着军衣的钮子，拖着鞋，在街上乱跑，有些赤着膊子，坐在人家门口太阳下面捉虱子，一个一个，放进口内咬杀，营门口都高挑着红布的旗子，旁边写着部队的番号，中间斗一般大的写着主官的姓氏，飘飘然翻飞在空中，使我联想到旧剧中赵子龙上台的时候，背后高举着“常山赵”一面大旗的情形。最使我忍俊不禁的，就是内中有一面旗子，写着某团某营某连某排“排部”，排也称部，这真是别开生面的趣事了。

出了东门，走上一带山坡，有一块古碑刻着“太王旧治”四字，旁边横卧着许多断碣残碑，大半埋没在泥土下。从山坡转上了一条高岭，两壁都是悬崖，中间仅能通过一辆车子，车夫们大声地长啸着，通知由岭巅下来的车马，在宽阔处等候，以免发生狭路相逢进退两难的事情。到了半岭，忽见一头病着的军用骆驼伏在地上，挡住我们的去路，骡车从此就搁浅了。我们费了许多的时间，用尽种种方法，使它起来，甚至到用小刀刺着它的臀部，但是终于没有效果，最后我拿着一把干草，在它臀后烧了起来，才悲鸣了一声，缓缓地站起来了，我们机不可失地急忙拿了手杖木棍，一边打着，一边齐声呐喊着，才将它慢慢地赶到岭巅一片空地上去，骡车总算这样通过了。

永寿县，是一个山间的小城。在城内，我们连一点肉类都找不到。但是无意中竟看到有些学生在空地上打网球，这真是出我意料之外的事情了。

过了乾县和醴泉，到达了咸阳，我们不会相信这是二千年前秦皇的故都。在这里，逼窄的市街和寥落的景象，没有一事一物，可以引起秦始皇帝曾经在这里统治过天下的感想。历史上所传“复道行空”“长桥卧波”的盛事，除是去讯问城外永古长流的渭水，人们是久已忘怀这些典故了。

从咸阳渡过了渭水，向西安进发，计程不过六十里。天气寒冷，所以我们都睡在车内，道路是非常宽阔，骡车以最大的速度向前进。将近西安，忽然一阵风吹开了车帘，我无意中看到我们的车子，正向一块当路的大石奔去，不觉惶急起来，拼命向车夫一脚蹴去，高声警告他：“快点拉住骡子！”谁知这位车夫，因为烟瘾正在大发，摇晃地坐在辕前打盹，蓦然被我蹴醒，要拉住骡子，已经来不及了，轰然地一声，骡车凭空翻转，将我和寒禅两人，压在下面，车夫也跌出几尺以外。当时寒禅压在我的身上。我问他说：“你伤了没有？”他说“我没有。你呢？”我说：“现在不知道。”忽然看到我的手上，沾染着许多血迹，我就吃惊说：“这个血是谁的？你快倒爬出去罢！”于是他爬了出去，我也随着爬出骡车，那位车夫，已经吓得面无人色了。少祖鲁楫等，都惊惶着下车来问讯，我检查全身，并无创伤，后来才知道手上所沾的血迹，乃是寒禅被车箱的碎木，擦伤了头皮，流到我手上的。这总算是不幸中的大幸，如果车箱内被褥垫得厚些，我们两人，就得在覆车之下，撒手人间了。

我们越过了几条深宽一丈以上的残壕，走入刘邦、李渊的壁垒，围城中的一切惨状，这时已经被人们绝地逢生的欣喜所掩盖了。满街悬挂着许多奇形怪状的青天白日旗：有些和车轮一样的，有些和菊花一样的，有些简直像一只螃蟹，最引人兴味的，就是那些只在一块青布的当中，用白粉画上一个大烧饼的旗子。在饥饿的中国，烧饼本来比什么天日也来得重要些，如果真要用烧饼来做革命的旗帜，我想或者不至于走错了道路。我们所引为慨叹的，只是到了如今，什么都变成画饼了。

暂时假第三中学内开始办公，我们印刷些入党表和小册子，预备向前方去工作，因为第二师的队伍，这时正驻防在渭南华州一带。

在西安勾留了一二十天，这一二十天中，无论大街小巷，人们都在纷纷地追述这次围城中的惨象，我们只要碰到一个朋友，完毕了两三句的寒暄以后，就是谈论围城中饥饿的情形了。有几位身当其境的党部同志，他们声泪俱下地历述这次惨劫的始末，更使我们发了不少的慨叹。

原来这次刘镇华以号称十万的大兵，从4月间包围了西安不断地猛烈攻城。城内守军，是李虎和杨虎的部队，人不过一万余，据李虎的意思，是早要出城投降了，但是当时杨虎却表示反对。他对李虎说："如果你要投降，就请出城去！让我一人来死守西安。"李虎无法，只好协力在城上防御。依赖西安城池的坚固，寻常口径较小的炮力，不易炸动分毫，而且城内粮食充足，所以沉着地支持了八个月。但是到了最后的两月，西安的市民，就开始走入厄运了，两虎的军队，分段向市民征发粮食，有几家商铺，因无粮可征，勒令他们每日缴纳五十元的款子，虎狼般的官兵，分头闯入民家，搜取面粉，连一颗一粒也不肯剩留。从此全城所有的粮食，都集中在军营里面。于是军营中出卖粮食了，面价每斤一元。但是这些可怜的市民，当他们拿着用高价换来的些许面粉，走出军营，到了街上的时候，又被巡逻的军队从衣袖中搜夺回去了。

悲惨和凄怆的呼声，充满在西安的天空，市民为生命的要求，想努力冲过那饥饿的死线，纷纷集合在一家油厂的前面，他们用高价买取做肥料用的油渣，用水煮烂来充饥。油渣本是一种不易消化的东西，积滞在肠胃内，使人时时感觉腹部疼痛，而且大便也固结不通了。然而油渣已经是他们最后维持生命的食物，除此以外，只有满街永古长存的泥土了。所以腹痛只管腹痛，他们终于将苦涩难于下咽的油渣，去填塞肠胃了。

谁知不久以后，两虎的军队，又将油厂的油渣，全部收没归公了。于是西安市民的"生命之舟"完全搁在礁石上，人们只坐待这死神的降临！有许多市民，为出来求食，就倒毙在大街上，他们有气无力摇晃着在街上跄跄踉踉地走着，从完全失望中，还希望在这沙漠的西安城里，寻找到一片面包的碎屑。他们徘徊在人和鬼的界线上，只要一刹那间的晕眩，就倒在街上，永远永远，再不需要什么珍馔了。

有一天，天空飞下了雪花，街道泞滑异常。这些一息幸存四肢无力的弱者，依然为图谋最后的果腹，摇头晃脑地浮游出来，只须两脚偶然一滑，就此不再起来，跌入另一世界去了。统计这天倒毙在街上的，甚至有一千六百余人之多。这个阴森的饿鬼道的西安城，如果十天以后，再不能解围，全城就会变成一个其大无匹的坟墓了。

城外隐约的炮声，传入这些饿鬼的耳鼓。这是孙良诚和刘镇华猛战的确实消息，炮声愈听愈近，人们对于生命的希望和留恋，也随之增加。同时，他们被饥火所熬疯了，于是在市党部领导之下，召集市民大会。当时杨虎虽然派兵制止群众开会，然而人类在"只有斗争，才能找到一条生路"的时候，本来是不会顾虑生命危险是什么意思的。所以他们终于冲破了军警的防线，在军队的机关枪和刺刀前面，奋激地开会了。

人们都存着"如其饿死不如枪杀"的决心，天空充满着悲壮的声势，他们坚决地向杨虎提出“油渣解禁”和“出兵夹击刘镇华”的要求，杨虎也终于为群众无上的声威所屈服，一一答应了。

于是西安的市民，总算在这次斗争以后，重新获得了腹部疼痛和大便固结的权利。至于出城夹击，不过有这么一个要求罢了。

从五原公布了十路援陕的命令，孙良诚以第三路总司令率领一师久战的兵力，应西安市民代表缒城乞援的要求孤军突进，和刘镇华万余人的军队猛烈搏斗，众寡的悬殊，不断地使全线陷入溃散的危境。在咸阳附近作战时，梁冠英和吉鸿昌两位旅长，同在一堵土墙内，指挥督战，潮涌般的敌人，向前冲锋，距土墙只有五十米，如果不是他们枪杀了几个后退的兵士猛烈反攻上去，将敌人击退，两个旅长就同时都被俘虏了。渐战渐进，双方在离西安城十余里地的一带小村落间争持着，敌人的兵力，益益结集了，战线向两端延伸，长达数十里，国民军军力的配备，非常稀薄，同时后方的援兵，又远在平凉一带，所以前方各段的防线，时时从电话里来告急，孙氏每天只是拿着听筒，劝他们勉强支持着，后来连总部的守卫兵，也都加入火线了。

当时孙氏，曾经愤愤地从电话中，告诉刘郁芬说：“你如果不速派援兵来，我就把枪缴给敌人了！”刘氏答复地说：“缴枪不缴枪，由你！谁教你孤军独入的？你这样急进，我就是用飞机输送援军，也来不及的。”孙氏在这样失望的答复之下，直急得泪流满面了，幸而不过几天，刘汝明的一师人到了，孙氏就命他由南山绕攻西安城东的十里铺。敌人经此首尾一攻，同时不知道援军的兵力多少，于是刘镇华下令全军总退却，据守城东二十里灞桥之线。但是刘镇华的军队，平时送达命令，每每利用就地土民，这次，土民竟误将刘部第二师游击营的退却令，送到孙部第二师的游击营来。于是孙氏知道敌人已将退却，就承敌人全线动摇的时候，集合所有的骑兵，沿大路向东猛冲，步炮兵也不进西安，绕过城外，继续追击前进。于是号称十万的镇嵩军，受此意外的猛袭，落花流水的四散奔逃，毫无抵抗，逃出潼关以外。全军八万余人，只剩得三四万心惊胆战的残部，一部退据同州，大部退守函谷关一带。孙氏因孤军不敢深入，就命前部停止在河南阌乡县。掘壕防守，于是陕局暂时归于底定了。

当第一路军方振武部的援队，到达西安的时候，一路军部政治处长李陵自己扛了一大袋烧饼，到省党部去。谁知这些职员，都已饿得不能起床了，他们看到了烧饼，两眼几乎迸出火来，狼吞虎嚼般过量的大吃特吃。有几位同志甚至于因此酿成积食病了。

孙氏从前方回来养病。他的神经被这次战事所激刺。已成一种衰弱症了，耳鼓内，常常响着电铃声，有时蓦地从睡梦中惊了起来，走到电话机旁边去接电话，问了许久，没听到有人对答，才知道是战场上遗留下来的电铃声。我也去问候了他一次，他精神到也不觉得十分颓唐，命我先到前方去。不过几天，我们的印刷品都已印好，就向渭南出发。

渭南是三路总部的所在地，第二师部队在华州华阴一带，我因为我们工作人员太少，所以预备将我们的力量先行集中一旅的部队上，就从渭南到华州去，决计在梁冠英旅开始工作。梁氏是一个治军谨严，富有求知心的军人，而且对于政治工作，抱着一种责任心。所以我们工作的前进，非常顺利。同时我们在互相了解过程中，也增进了不少的友谊。

我们住在县署西边的咸林中学内，梁氏住在县署的东花厅内。有一天，我到梁氏那里去闲谈，走过了县署的大堂，那位县长叶某，正在审问案件，八字的胡子，向左右很滑稽地劈开着，端端正正地坐在一把雕镂着龙凤的木圈椅上，公案前放着一个签筒，一块一尺见方的砾砚，一个小山一般高的笔架，犯人跪在地上，口呼着："青天大老爷！饶命！饶命！"一只手已经套在责打手心的刑具上了。我当时虽然觉得碍眼，却仍旧匆匆地走过去了。到了梁氏的室内，正在闲谈的中间，蓦地里一阵“拍，拍，拍，……十五，十六，啊唷！老爷饶命！……”的声浪。破空而起，将我们的话头打断了，这就是叶县长正在玩弄着特备的竹和肉的吹奏。我皱眉对梁氏说：“你听了这样的声音，有什么感想？”他沉吟了一会说：“西北就是这样的！”

回去时，我在学校的教务室内阅报，校长杨鸿年也在室内，我对他说：“你们的县长姓什么的？”他说：“姓叶的。怎么样？”我对他说：“这个时代，还要用肉刑，我有空闲，就得教训教训他。”我觉得杨鸿年当时似乎微微吃了一惊。

晚上，我正在办公，传令兵拿了叶县长的名刺，说是他要见我。我知道他是得了杨鸿年的报告而来的，就摆着官架子等他。一会儿，叶县长进来了，我就教他坐在床上，他很谦恭地说：“不知道处长已经到了此地，所以没有来请安。”我毛孔略略竖了竖，正色说：“大家都有自己的职务，请安这一类的话，倒可不必提的。我问你，省政府已经通令取消肉刑，你为什么问案还是责打着手心？”他笑了一笑说：“这实在是一种难事，处长不知道这里的老百姓，刁顽得很，不打，什么事也不能办了。”我说：“那末为什么要他们跪在那里，称你青天大老爷呢？”他嗫嚅了一会说：“劝他们不要跪，不要称老爷，但是他们太愚笨了，不肯听我。”我将笔一丢，怒声说：“他们不听你，不能打他们的手心吗？这明明是你要摆威风，故意保存着的。”他看到我发怒了，就面皮红红地站立起来，一言不说。我让他站立着，提笔顾自办公，摆了十足的官架子来，等了一会，冷冷地对他说：“你以后再用肉刑，我得和你计较。你要回去，现在就可回去！”他于是趁此走了，以后几天，总算在大堂上不见再用肉刑了。

过了几天，县党部的党务委员魏君来，谈及叶县长勾结绅士破坏党部工作的情形。我说：“为什么不打电请于右任先生，将他撤职？”

他说：“华州没有局。”我说：“你们将电稿交给我，我给你们用军电拍发好了。”第二天，魏君将电稿交给我，同时我自己也打了一个电给于氏，不过几天，叶氏撤职了。

新来的县长，是驻陕总司令部秘书朱某，在未接任以前，也住在咸林中学内。有一次，到我这里来闲谈，他对我说：“从前在东京早稻田大学研究政治经济的时候，对于马克思主义是非常信仰的。”在当时，人们惟恐自己的色彩不红，自己的行动和思想不左，如果被人指为灰色或右倾，就会感觉是一种耻辱的。而且越是投机分子，越要说明自己思想的进步，所以像朱某这种表示，也是无足怪的。我当时对他说：“在华州这种地方，马克思主义，我们且不要谈，只希望你以后不要和土豪劣绅去联络在一起，穷民就受福不浅了。”他当时因为绅士们正在挽留叶县长和反对他去接任，所以愤激地说：“这批坏绅士，我是和他们势不两立的！”但是后来他接了华州县的官印以后，不过几时，就和绅士们勾结得如胶似漆了。所以天下的老鸦，从来是一般黑的。

不久，冯氏到达了西安，我们都不知不觉地欣然有喜色。当时每个同志在闲谈中，对于冯氏都流露出迷信的心理，承认他是彻底的革命人物。总部政治部所带来的标语，总是写着“冯总司令说……。”西安城内的人墙上，也大书着：“冯总司令说……。”割取他的片言只语，来作群众革命的格言，所以人们一提起革命，立刻就会联想到冯总司令。冯玉祥三字，就此渐渐地偶象化了。捧场真有意想不到的效力，结果可以使人们直觉地来承认梅兰芳是伶界大王。我们这批做政治工作的蠢物，却都联坐在时代喝采者的前座！

不久以后，冯氏从西安到潼关去视察前方防务，从渭南打电话来，命我随车东行，我当时就到华州西关去等待着。过午，黄尘滚滚地先来了一辆压道车，接着，冯氏的汽车，停止在欢迎的军队前面。

他伛偻地走出了汽车，虬髯在脸上，蜻张着，穿着一身破旧的军服，用傲视群伦的态度和军官们一一握手。他见了我，就命我坐在后边的汽车上，汽笛一声飞驰绝尘地过了华州。沿途所过的村镇，住户都在门前摆着香案，表示欢迎，螃蟹式和烧饼式的旗帜，飘扬在天空。冯氏每过一村，就下车步行，向左右拱揖道谢，我们也都跟着步行，出村之后，才再行登车东行。下午三时，到达了潼关。同车东来的，有政治部长刘伯坚，秘书长何其巩，俄国顾问乌斯马诺夫等一二十人。

晚上，我去见冯氏，他正在批阅文电，孙良诚、刘汝明、刘伯坚都在室内。等他办完了公，已是十一时左右，略略闲谈了几句，他似乎疲倦了，就懒懒地走向床上一躺说："良诚！给我盖上被。"孙氏立刻过去，谨慎地将被给他盖上。刘汝明就拿了一张凳子，放在他的枕旁，同时将灯搁在凳上，预备他临睡看书的。我就此走出来了。

第二天，伯坚传达冯氏的意旨，命我担任三路总部的政治处长兼潼关县县长。我对他说："政治工作，我多担任一点，倒不要紧。至于潼关县长，不能兼任，如果兼任起来，每天只闹着粮秣车马，什么工作也不能做了。"他回去对冯氏说了一说，于是这七品正堂的官衔，就加在凌勉之身上了。

第三天，我觉得在潼关无事，就回华州去，不过几天，冯氏下令孙良诚和刘汝明换防，梁冠英升任第二师师长，吉鸿昌升任十九师师长，仍归孙良诚指挥，军队移驻华阴潼关阌乡一带，我们也迁移到潼关去了。

潼关是古来天险的关隘，左临黄河，右依秦岭，同时是豫陕晋三省交界的地方，所以军事上非常重要。但是街市却非常冷落，只有巍峨的城楼，矗立在云天间。

时序已经是十六年的春天了。南方的国民革命军摧毁了吴佩孚的营垒，已经进抵武汉，同时沿江东下，和孙传芳的反动军队，猛烈地搏战，渐渐地肃清了江浙地面，大江以南，几乎不复见张吴孙三系的一兵一卒。我们每日都被一种预期中的革命黄金宫殿所迷惑，我们焦燥地等待着“郑州会师”这一出喜剧的开幕。我们甚至于把中国的政局看得很简单，似乎中国惟有张吴孙三系是先天的军阀，只要打倒张吴孙三军阀，中国的军阀，就此完全归于消火，于是帝国主义再没有螟蛉之子。国民革命就会成功了。我们存着这样浅薄的政治见解，于是我们这些蠢物就始终成为蠢物了。

不久，政治部召集各级政治处长的联席会议，我到西安去出席，欣然地会晤了旧日同学江风，他是南方派到西北来做工作的，从山西绕道陕北，整整地走了一个月，才到达了西安。这时派在政治部服务。久别重逢，不知不觉地相对喜不可言，尤其使我们感觉愉快的，就是我们握手在革命的道路上。

联席会议开会的第一天，秩序非常严肃。刘伯坚做了政治报告，冯氏做了军事报告，乌斯马诺夫作了简略的世界经济报告，继续是讲演。冯氏为解释“思想随时代进步”的意义，用自己的历史来做注脚，虽然不能十分恰当，但是他的一段叙述，却很引起了听者的趣味。他说：“当我从前当兵的时候，我并无何种目的，晚上睡觉的时候，只想我要是有一斤银子，并不值得多少钱。我就想：如果有一斤金子，我就可以吃着无忧了；后来升了连长，我的欲望更大了，我只想积蓄一笔钱，盖造三间平屋，每天炖一罐猪肉，给我父亲吃；谁知到升充营长的时候，我就要参加革命了。”我们从这段故事里所得到的结论，只能说思想和行动，都是受着环境的支配。因为从“希望获得一斤银子”至“希望获得一斤金子”，当然不能说是什么进步的。

第二天，讨论了前敌工作的组织，因为这时张发奎已经进入河南，冯氏就了总党代表的职，也预备督师东征了。这天散会以后，宁汉分裂的消息，蓦然传到西安，我们的神经受了这意外消息的刺激，都不期然地紧张起来。在张孙未倒以前，中国革命的战线，遽尔宣告破裂，我们都在天崩的惊惶之下，茫然不知所措了。

这天晚上，于右任宴请全体政治工作人员。席上，于氏对于党权问题，有极含蓄而沉痛的演说，我们的血管都似乎为一种烈酒所沸腾了。在夜间人散之后，人们都带着一种神秘的情绪珊珊地回去。

第二天，开会以后，全场的空气突呈紧张。是一位同志，拿了一份英文报。向大会宣读这个消息。同时向冯氏质问，报纸上所传的消息，是否确实？冯氏当即答复说："汉口方面已经有电来，这件事实，是确实无疑的。"我当时起立说："在这样严重的政治变化之下，我们希望总党代表能够告诉我们对于这次事变的真实态度，我们不至于惶惑失措。"全场一致附和，冯氏懒懒地到台前说："我是只知道服从中央的。"我们听到这个答复，都以为冯氏的态度，就此决定了。但是一种不可名状的疑惧心理，却潜伏在我们的心头。

会议开幕以后，列席的同志都回到各军防地去，渐渐地向军队中提出党权问题来讨论。然而在英雄主义支配着的营房中，这个问题的提出，只有引起他们对于整个的革命怀疑的心理。他们当然不会了解中国革命的阵线是怎样构成的，更不会了解这种分裂乃是一种应有的结果，所以他们完全茫然了。他们不但是因此感觉革命要从此归于失败，而且以为拿破仑是世界上无可非议的人物。这种观念，谁也是无法去动摇的。

全军的政治工作渐渐地加紧了，在这文化的沙漠里，工作人员的贫乏，真使我们感觉莫大的困难，偶然读过几句新闻杂志的中学生，都次第拉入各军政治工作人员的队伍去了。后来我自己到西安，向政治部再三要求派人来潼。结果才允许江风和另一位同志张堇来分任二师和十九师的政治工作。他俩总算是比较有工作能力的了，有几位幼稚的政治工作人员，就常常闹出笑话来，当我滞留在西安的时候，二师有一位政治处科员，在讲演中大胆地说：“三民主义就是讲究升官发财的。”梁师长当时气愤极了，因为我没有回来，所以没有惩办他。可是等我回到潼关的时候，他却闻风逃窜到山西去了。

工作的人员，能力是这样的薄弱，同时，那些参谋人员对于政治人员多少含着醋意，他们不断地诽议革命，做着反宣传的工作。有一天，一位在十九师师部工作的同志，向我告诉种种工作进行困难的情形，军需人员每每故意克扣政治工作的经费，同时，那位师部参谋傅统禅，常常公然地用轻藐和鄙夷的态度，对属员说：“鸡巴毛三民主义！”关于鸡巴毛和三民主义的区别，我们自然可以置之不论，然而当时我们都不免有所愤愤了。

我几次向吉鸿昌提及师部工作的困难情形，请他设法援助，但是过了多时，依然没有结果。我于是将师部工作的同志都调到十九师各旅里去工作。同时，声言十九师师部是不能再做政治工作的。从此吉鸿昌和我两人中间渐渐有一种意见发生。见面的时候，大家都是冷冷然地懒于交谈。后来吉鸿昌告诉梁冠英种种关于我对他不满意的情形，梁氏劝我消除两人间的意见。我写了一封信给吉鸿昌，说明我调动师部工作的人员，乃是一种应有的处置，因为我当然不愿使一种能力，消费在无效可见的地方；如果你能够真实地帮助我们进行工作，仍旧可以调回来的。我又告诉他，师部里种种反宣传的情形，请他给与纠正。又说：“我们两人间的浮云，希望在对于革命的责任心上，完全消除！”第二天，他来了一封亲笔的回信。说：“你的来信，很坦白而真率。我们本来也没有什么意见可言，在初加入革命的时期，笑话当然是难免的。”第三天，他自己到我这里来闲谈了一回，我们算是暂时相互谅解了。听说这天早上，他集合师部人员，训斥了一顿并说：此后有蓄意破坏政治工作的，就作反革命论。

第三路军部队，除第二和十九两师以外，还有一个第五混成旅，旅部参谋长刘汉长，是一位以诸葛亮自命的人物，后刘少祖在该旅充任政治处长以来，每每被他造谣中伤，不时在旅长王和民面前，攻击刘少祖，甚至于说："刘少祖对军队演讲，革命就是要反抗长官的命令。"于是王和民对于刘少祖也不满意起来了，而且实际上，因此停止了政治工作。后来，我要求孙，督促王和民加紧政治工作，孙氏就在电话里嘱咐了他一番，刘少祖总算借此仍旧恢复了谈谈革命的闲务。

4月中旬，政治部派了四十余名铁道队到前方去做秘密工作，他们都是平绥路随军来陕的工人，为事实上的便利，总政治部命他们临时归我指挥。我教他们都到陕州方面去隐伏着，时时探报敌方的情形。而且将来大军东征时，不失时机的可以破坏敌人后方的交通。同时，政治部派到豫西一带去联络红枪会的同志，也陆续出关去了。不久，联军总司令部公布了全军的动员令，孙良诚被任为前敌总指挥。

在未动员以前，镇嵩军方面，刘镇华自己的态度非常软弱，派张钫西去见冯氏，表示愿和国民军合作的诚意。但是他部下王老五和柴老八两位军长，不愿意听冯氏的指挥，所以国民军和镇嵩军的关系，始终在不尴不尬之间。然而事实上，镇嵩军却横梗在东征的道路上，东征的大计，决不能因如此关系而有所犹豫。5月初旬，先发军方振武部就和镇嵩军在函谷关一带接触，第三路军的部队，也陆续向东推进。我因兼任总司令部前敌政治工作团的宣传委员，所以也率领宣传大队，先行出发。

全军纷纷地出动，数十万人都在起草着"郑州会师"的著作。我们这些乐观主义的笨伯都以为只要"郑州会师"之后，中国从此就鸡啼了。自然，我们不至于承认中国从此就会变成天国，不过我们想着，革命将从此牢牢地抓住历史，永远不会放松了。我们是这样地欣喜着，鼓舞着，期待着这个黄金时代的到来。在出关的时候，人们都有一种扬鞭中原的气概。

天黑，到达了阌乡，住宿在县署内。第二天，前方传来的消息，函谷关已经攻下了，而且镇嵩军放弃了灵宝县城，退守离陕州三十里的大字营。于是我们立即向灵宝出发，但是当我们到达灵宝的时候，方振武的军队已经占进陕州了。

当国民军进攻陕州的时候，派到前方去做秘密工作的铁道队，预备在会兴镇的斜坡上破坏铁路，截取镇嵩军的车辆。他们有几位工人，躲在会兴镇附近的道房子内，另派了几位工人，去等候陕州方面的消息，如果国民军接近陕州，立刻就将铁路拆毁。但是这个企图，被冯氏派到刘镇华那边去的代表任有铭知道了，竭力地阻止他们进行这项工作，于是乎当陕州攻下时，七列车的镇嵩军，从容地向东退去，没有毫发的损失。

从灵宝进驻陕州，阔别了两年之久的铁轨，又重新现上眼帘来，但是铁轨不过看看而已，我们仍是坐着大车出发，因为灵陕方面所有的机车，都被刘镇华带去了。

在陕州，召开了金融活动大会，这是我们以后每到一城一镇的经常工作。我们给一大宗印刷粗劣的“军用流通券”反复地辩护，说出这项废纸有无上信用的理由。这个说过，那个又说，群众无可奈何地侧耳倾听着。终于我们可以用一张方形的纸片换取面包和日用品了。其实这宗数近百万的流通券的基本金，只有二十万把刺刀而已。

孙氏从灵宝进驻陕州，郑大章的骑兵，这时已经越过了淆山，占据渑池县。我和寒禅等，坐着押车到前线去工作，在观音堂和方部师长张朝风谈了一会，约略明白了前方的情形，就赶到渑池，日色已经西沉了。有十多名铁道队都住在车站上。我们暂在铁路警务处的房子内。县城内外的商铺，为军用券的关系都闭户歇业。当然的，我们又召开金融活动大会了。到会的人数，虽然似游鱼寥寥可数，但是居民的疑云，却因此渐渐消除了。我一方又命县长布告恢复市面。一方派宣传员挨户去劝他们复业，街巷上从此才渐渐有些蠕动的人影。

不过几天，全城商铺忽然又闭市歇业了，县党部常委章绶刍君告诉我说：“居民因为郑大章在渑池县派摊五千元的公款，他们无力交纳，所以都纷纷逃走或歇业了。”五千元本来不算得什么巨款，但是在豆一般大的渑池县内，而且在不断的战争之后，这些劫余的孑遗，他们连一碗小米饭都成为重大的问题了，哪经得起再来派款，所以渑池县的街市，就此又变成荒墟了。

还有一件驱逐城内居民的，就是渑池县的兵差局长王均，他本来是渑池县唯一的大土豪，平时强占土地，奸霸妇女，无所不为。绅士们又都做了他的走狗，历任的县长到任，人民就纷纷去控告他，这些县长，初时也想去惩办他，后来都因为认识了他的力量，反而和他勾结起来了，于是乎他就统治了渑池。全县所有的革命分子，也每每被他驱逐出境。这次国民军到境，他仍是充任县署的兵差局长，他甚至于强迫一个唤卖甘蔗的小贩，去煮出供给十个人需要的饭食送到军营里去。因此连城内的穷人，也都逃避到乡间去了。

我当时看到这种情形，就在车站上打电话给孙氏，告诉他，渑池县惨澹的景象和郑大章派款的事情。他愤愤地说：“我们国民军，在什么地方派过款！你叫他来接电话。”我回头就命传事兵去通知郑大章，说孙总指挥请他讲话。这时他驻在城内，因为电话线尚未接上，所以带着卫兵，从城内步行到车站上来接听电话。过了半晌。他面色沮丧地从警务处门前走过，我知道他大约饱饱地领受得训斥回来了。一小时后，他的队伍就奉命开出渑池，五千元的款子，只拿了七百元去。

近暮，张朝风由观音堂来接防，我就和他商议，队伍暂时都驻城外。当晚在县署召集县长和绅士会议，讨论渑池善后的一切，县党部和红枪会也都派代表列席。在未开会以前，我就通知章绶刍，教他预备渑池县土豪劣绅的名单，同时告诉他，会议席上，我会给他提出惩办土劣的机会的。

开会以后，张朝风滔滔地说了一套国民军对于革命的严正态度，同时声明自己在军纪上所负的责任。其次又宣布关于郑大章派款一事 办法：凡是尚未缴纳的，就停止缴纳，已经缴纳，尚未携去的，由县长立时发还，其余已经携去的，将来在公款内拨还。绅士们听到这里，都点着头说出许多恭维话来。我觉得时机到了，就站将起来说："我们初到渑池，有许多隔阂的地方，可否请县党部代表，报告渑池的政治状况，以便大家参考。"于是这位少年清俊的章绶刍君，站将起来，愤气满胸地历述渑池这些土豪劣绅，尤其是王均及其党羽，鱼肉贫民的惨象。计提出土豪劣绅姓名，共有十一人。他说完之后，我就站起来说："国民军对于一切压迫民众的反革命者，都在扫除之列，现在渑池的民众，既然这样受土豪劣绅的压迫，我们就请张师长负起革命的责任，立刻逮捕！"张朝风说："这是当然没有客气的。"我于是查了一查会议的签名册，偏偏土劣的名单内，只有两个人在今天出席，其余的大约都是闻风回避了。当时进来四名卫兵，张朝风就对那两位劣绅说："请你两位委曲了。"回头又对卫兵说："将他们两人看守在马棚上！"于是两位劣绅，就在卫兵的拥护中，垂头丧气地走出了。从他们出去之后，会场上的情势，突然紧张起来，我就严肃地哄吓着县长说："你知道国民军的习惯吗？"我说："是这样的：譬如教你去捉土匪，你如果放了土匪，那末就将你当土匪办。现在这里还有九个土劣，没有到案，请你连夜去提来，尤其是王均，要是跑了，我们大家就不讲情面的。"他于是神经突然兴奋了，匆匆地出去传唤差目，大声说："拿火签来！"等一会，差目拿了一大把火签来，同时，集齐了衙役，他大将登坛般的，命衙役拿着火签，分头去拘传各土劣，最后他才郑重命令那位差目去拘提王均，我当时对他说："且等一等！"回头向张朝风说："你这里派一位副官同去罢！"

张朝风答应了，不一刻，来了一位上尉副官，我问他说：“带上枪没有？”他说：“没有。”我说：“你带着枪去！务必使王均到案。如果他要跑，你就用枪打死他，这是不必犹豫的。”于是这件事情，就完全发付了。

会议也就此完毕了，我对这些绅士说：“今天大家在县署内委曲一宵！军中没有被褥，抱歉得很，只能用乾草铺铺，好在天气也不寒冷，大家请将就些！如果诸位出去，万一走漏了风声，给他们闻风逃走了，恐怕诸位也要负相当的责任。所以请诸位原谅！”绅士们诺诺地应着，就在乾草堆上，挤过了一夜。

从王均逮捕以后，县民纷纷向县党部去控告他，他们要求重办这无恶不作的土豪，以雪无数被害的民冤。不久，前敌总执法部到了渑池，经过一度审判，就将他枪决了。行刑的一天，围观欢呼的，有一万多人。听说打了七枪，都因为不中要害，还不气绝毙命。后来他的儿子，看得他不堪呻吟痛楚，在小腹上猛力地踢了一脚，才见这位土皇帝，龙驾遐升了。

过了几天，大军向东推进，准备向新安县的张治公部攻击，前敌总指挥部也进驻渑池。任有铭被冯氏任为前敌政治工作专员，而且给他一个河洛道尹的头衔也到渑池来。他和我商议，说是要和我共同指挥铁道队。我当时对他说：“指挥两字的上面，加上共同两字，是不大相宜的。万一发生什么事情，试问谁负责任呢？我的指挥权，是政治部交给我的，最好你先打电给冯氏，只要冯氏有复电照准，我立就将铁道队完全归你指挥。那是最好没有，因为我的兼职实在太麻烦了。”他听了我这番话，呆了半晌，搁起了这件交涉对我说：“那末，我们怎样来进行前敌的政治工作呢？”我说：“过去的工作，都是根据前敌政治工作团在灵宝会议的决议的。现在战事进展得太快了，有许多决议，实际上不甚适合，我想我们到前线去看一看情形，回来再商议罢。”他略略想了一想，不自然地说：“好罢！”我们就约定翌日上午，一同出发，他就走了。这自然可说是我的恶作剧，生生将这位文文雅雅的官员，送到前线去颤抖。

第二天十一时，我和寒禅、任有铭，还有一位石友三部第六师政治处长寿霞楠，坐了一辆押车向铁门进发，一时左右，到了铁门车站。这里离最前线不过二十里左右，方振武的军部，就在离站半里的镇上。我和任有铭到军部里去坐了一会。有一位参谋告诉我们，说是本来预备今天十二点钟开始攻击的，大约这时前线已经开火了。我们于是决计再行前进，去看看火线的情形。

押车走了七八里，到达一座铁桥的前面，有一段铁路拆毁了，这是防止敌人铁甲车冲来的。押车上的铁路工人，就将押车扛了过去，我们都步行走过铁桥，河水干涸，铁桥更觉高得可怕，我们都踏着枕木，一步一步走去。任有铭两腿发软，颤抖着不敢前进，我命两个铁路工人，慢慢地掖着他走，走到了铁桥的东端，他深深地吸了一口气，我笑着对他说：“你的革命是一定会成功的。”他说：“怎样讲？”我说：“你有工人拥护，还怕革命不成功吗！”大家都笑了起来。

再走了二三里，左翼方面枪声突然大起，我知道我军开始攻击了。我们再走了一二里地，前面又有一段铁路拆毁了，我们就将押车停放在一家道房子的前面，沿着铁路步行前进。这时左翼方面的枪声，虽然继续不断，但是右翼方面，却非常沉静。忽然看到前面绿杨影里，有一辆押车插着一杆青天白日满地红的军旗，过去一看，原来是二十几个铁道队，坐在铁道旁的草地上。他们告诉我们，右前方二三里地的山巅古堡内，就是敌人的阵地。从铁路到山麓，是一片离离的麦地，我们依赖树林的隐蔽，向山上瞭望，看见堡前挖掘着一条壕沟，曲折向南延伸，沟内还插着一面黄色的军旗，但是看不见一个人影，一切都是沉静的景象。

天气非常炎热，我因口渴，到附近的水碓旁去喝了一顿水，仍旧回到树林里去，蓦然间右方麦地上轰然一声，我方的炮兵，向敌人开始炮击了，接着，敌壕的后面，羊角风般的滃起一炷尘土，右翼的沉静，从此完全冲破了。许多敌兵，蠕蠕然从古堡内爬入沟内，接连地我方又是几炮，都命中在敌壕的前后，黄尘不断地卷上天空，于是机关枪和步枪，也杂然并起了。同时，敌人的左侧，也突然起了隆隆的炮声，以及爆竹般的机关枪声，大约是我方的骑兵，绕过敌人的左翼，向敌人侧攻了。据铁道队里的队员告诉我，说是不久以前，看到我方有一部骑兵，向敌人左翼方面进行的。

我们精神都紧张着，静静地看着这样恶斗的持续，任有铭一言不发地坐在树阴里，不知道想些什么。麦丛里有时偶然露出一顶军帽，当然是我方的步兵，正在匍匐前进。几块神道碑旁的炮兵，忙着从后面搬送炮弹，每隔二三分钟，就轰击一炮，掩护着步兵的跃进。

鏖战了二三小时，斜日已将西下了，忽然敌人蠕动着逃入古堡内，山麓上就现出几十个穿着白衬衫的兵士，一手拿着手枪，一手拿着大刀，成横线向山上仰攻，这明明是我方的步兵已对敌人冲锋了。我们目送着这群白鸽样的战士，占领了古堡，那些敌人，大多数已经从堡后向新安城方面溃窜了。

日色西沉，黑被渐渐遮盖了大地，一阵阵的枪声，愈响愈远，我们知道全线都在追击了，就和铁道队都坐押车前进，到达了离新安城十里地的一家道房子前面。腹内饥饿极了，就向住在道房子内的铁路工人讨饭吃，他们很和气地拿出一大锅小米稀饭，并且给我们一碟咸菜，大家都坐在地上吃着，我狼吞虎咽般一连吃了三大碗，看着已经只有一个锅底了，才放了碗筷，吸着纸烟，和寒禅等闲谈。前方的枪声，断续地传入耳内，我们都希望今晚能够攻下新安，使我们好在城内安宿一宵。

远远地从前方来了一辆押车，有两个兵士，起伏地押着前来，我们问他们，前方的战事怎样？他们说："新安城攻下了，我们是去接张师长的。"于是我们都欣喜地爬登押车，向前方驰去，五六里后，枪声更觉紧密，大地全归于昏黯。只有黑簇簇的树影，向车后飞去。走了几里，到达了一个山峡内，山上还响着枪声，我们知道山上是我军的阵地，原来新安城尚未攻下，有几名铁道队，正在破坏山峡内的铁道，他们告诉我们："阮鲍两师长，都在右边小山上。"我们就走上山去，兵士都爬伏在沿冈掘着的一条壕沟内，阮玄武和鲍刚两人，立在山上观战。我们上去，和他们打了招呼，席地围坐着闲谈。但是昏黑的夜色，我们只能相互听到说话的声音，各人的面貌，却一点都看不清楚，我只记得鲍刚是一个矮矮的黑影。

我走到壕沟旁边去瞭望，新安城就在眼前，城上一闪一闪的火光，大约是从枪口上发出来的：因为黑夜间双方都找不着目标，所以枪声是很稀疏的。据阮玄武说："新安城已是四面包围了，城内张治公的残部，尚有二千余人。"鲍刚教我们到他的司令部去睡宿，他的司令部，是在左后方的一座土地庙内，但是我主张在这山上睡宿一晚就算了。

谈了一会，我就命传事兵，将毯子铺在离壕沟两三丈后比较平坦的地方，霞楠、寒禅，和我挨排睡着，有铭尚在和阮鲍两人闲谈，我无意中看到左地上有个小黑物，仔细一看，却是一个手榴弹，就身子向右一移，让出空地给任有铭，不过多时，他也来睡了，大家睡着闲谈，谈了多时，有铭似乎疲倦了，渐渐黯然无言。我淡然对他说："有铭，你身旁好像有一个炸弹样的。"他转头一看，二三尺外一个手榴弹，静悄悄躺在地上，突然翻身起来，着急地说："这怎么办？谁给我来拿去了它？"我说："不要紧的，只要你不碰着它，不会炸开来的。"他说："不行！不行！如果晚上有人走过，踏了一脚，我们不是很危险！”焦急的情状，使我笑起来了，我就命传事兵，替他将炸弹拿远些，他才放胆地重将头搁在枕上去。

繁星满缀在天上，土气时时沁入鼻观，清露微微沾湿了绒毯，火线随着夜色的深沉而渐归沉静，我们呼呼地入睡，有时梦中醒来，只有断续的枪声和兵士啾啾偶语声传入耳内。

天色初明，炮兵开始工作，轰然地一声，将我们从梦里惊醒。枪弹吱吱地从我们头上飞过，我们大家都起来，围坐在地上。忽然呼呼一声，一个炮弹从头上飞过，在后方一百米高的天空，发出一阵浓烟，就炸裂开来。同时右面山颠，我方的炮兵，也发炮向敌轰击，双方枪声也连续不绝地热闹起来，全火线都疯狂了，那些无情的炮弹，挟持着一种威力，继续向我们方面飞来，枪弹扑簌扑簌地钻入我们身旁的泥底，任有铭铁青着脸，呼吸迫促地对我说：“我们到后方去吃点早餐罢！”我说：“兵士们都没有吃过，我们就先去吃饭么？这是难以为情的。”这时炮弹仍然不断地从头上过去，霞楠说：“我真沉不着气了，走罢！”我们于是下山，仍然坐着押车，到了昨天吃过稀饭的道房子去，向他们买了一点小米做饭吃。

饭后，我们又到火线上去，战事仍无进展，城内的敌人，顽强抵抗着，一个个空中爆炸的炮弹，向我方阵地上送来，枪弹时时落在我们的身旁。我有时真觉得奇怪了，这些枪弹，似乎都有眼睛，回避着我们样的，一个也没有挨到我们身上来。有一位青年的参谋告诉我：“刚才城外有些敌人，正在一所民家的天井里，围坐着吃饭，被我们的炮兵瞄准着发了一炮，恰恰命中，天井里就什么也不见了。”

这时后方来了一辆押车，我们认出是方振武部做政治工作的几位同志，忽然一个炮弹，呼呼生风地向押车方面飞去，我们都着急起来，高声通知他们，从速躲避，轰然一声，炮弹已在他们附近的地方炸裂开来，我们急忙惊惶地跑下山去，看视他们，这真奇怪，竟是一个人也没有受伤。

天已过午，炎热使我们发生疲倦，就向后面一带树林走去，预备到树荫里去午睡，突然天空传来一阵机械震动的声浪，仰头一看，却是一只敌人的飞机向我们头上飞来。我急忙教大家散走在麦田内，以减小我们的目标，敌机在天空绕了一转，就向后方飞去，不一回，震天价接续的响了两声，我们知道飞机一定在铁门抛掷炸弹了。后来听说一共炸死了三个士兵，还有一个乡民正在门前午睡，等他甜梦惊醒的一刹那间，自己的两条大腿，已经飞到对门的石阶上，肝肠也陈列在街中心了。

在树荫内午睡了一会，惺忪地醒了回来，听到头上不断许许地响着，那些小树枝被枪弹打断了，纷纷落将下来。我叫醒了有铭、寒禅等，对他们说："我们或者再到炮兵阵地去，看看战事的情形。至于要睡午觉，这里是不好的，你们看！这些树枝，是怎样剁下来的？"他们向树上看了一看，听到头上的流弹，还在响着，于是大家回到山后一个小村庄内去午睡。近晚，任有铭搭着一乘回到后方去的押车，趁此逃回安全的地域去了。

第三天，我又从道房子到前线去，战事依旧维持着原有的状态。敌人困守着孤城，我方部队也不冲锋攻城，只是四面包围着，阮玄武正在火线上，闲谈中，他对我说："只要十九师来接我们的防，我们就可奋勇去攻城的。"他又告诉我，昨天晚上，敌兵向东溃围出走，却被张朝风师，迎头击回城内了。

下午，回到道房子去，工人们的小米，已经给我们二十几个铁道队吃完了。我和寒禅，自己到隔山一个小村庄去寻找食物，村内的居民，已经逃避到山洞内去，只有些散落的鸡豚，做了全村的主人。我们看到有一户人家，门户洞开着，就走了进去，静悄悄却见不到一个人影，遍室搜寻，没有一点粮食，后来在门后一个破瓮内，发现了一些黄豆，我命寒禅用手巾包了一些，就出村沿着铁路归去。忽然看见远远地来了一辆押车，坐在车上的，却是方振武部政治处服务的赵君，押车上载着几袋面粉，是送到前方去的。我们就向他借了一袋面粉，于是食粮问题就此解决了，晚上，我们在铁路旁的大树下，宿了一宵。

明天，我就坐押车回到渑池去，给孙氏报告前方的情形，俄国顾问赛福林也在座，他问我："为什么打了两三天，还打不进新安城去？"我说："他们并没有猛烈地攻城，只是包围着。而且他们希望十九师去接他们的防地，然后再去攻城。"他听到这里，似乎有些愤然了，对我说：革命军是要用一个人去打十个人的，现在他们用六千多人，去打二千多人，已经是三个人打一个人了，为什么还要希望十九师去援助！这样子还能作战么？这或许是别有用意罢。"我说："他大约是想收编城内的敌人，增加自己的力量，所以他们将新安城四面包围起来，而且敌人有一次已经溃围出走，是他们将敌人打回城去的。"孙氏听了，只叹了一口气，也没有什么话说。

新安城一共打了六天，经孙氏的督促，并命令十九师前进，方振武不得已自己到前线去督战，才将城攻下了。但敌人仍溃围逃去。丢下了一列车皮和一辆机车。当敌人退走时，强迫车上的司机工人开车，但是那位工人立刻躲入车底，敌兵想用枪打他的时候，我方的军队却已经冲到眼前，于是都纷纷逃走了。在以前，国民军因为没有机车，所以铁路所有的便利，完全属于敌人所有，有一次，军队从陕州装了一辆载重车的面粉，用兵士推着，预备送到渑池去的，谁知到了观音堂以后，因为铁路向东倾斜的角度很大，这辆笨重的面车，就挟着雷霆万钧之力，飞一般地向东奔驰，越过了渑池的车站，直到六十里外，才停止在铁门车站上，这些事实，我们可以想见当时国民军运输的困难了。现在看到一辆机车，自然是觉得和宝贝一般的可以珍贵。听说孙氏赏了那位工人三十块钱，同时，我命他暂在铁道队内服务。

前锋从新安向东追击，和敌人激战于磁涧镇，炮声隆隆地传入新安城里，孙氏亲自到前方去督战，于是进占了磁涧镇，张治公的队伍，完全溃散了。大军到这洛阳西宫附近，开始和奉军接触。

战事以寒鸦村为最剧烈，国民军三进三退，终于将奉军主力击退，然而寒鸦村却片瓦不全，从此变成寂寞的荒墟了。奉军从经此一击，损失非常的重大，同时梁冠英将军，由卢氏龙门抄击洛阳的侧背，于是奉军不得不放弃偃洛，向东溃退。陇海西线从此再没有猛烈的战争了。

我从新安骑马到洛阳，满面灰尘地去见孙氏，他告诉我，我军已经越过黑石关，向东追击了。

后方传来的消息，说冯氏的态度，已经微有转变，怂恿他的是薛笃弼和石敬亭。我虽然觉得有些惊讶，但是我不十分相信。我认定这或许是一种谣言。

前锋进占汜水荥阳，我因被孙氏派在洛阳收编红枪会和散兵，暂时留在洛阳。但是当我集合了一二百人，正在预备点验的时候，韩复榘忽然派了一营兵士，将他们包围缴械了。我觉得这事不能再进行了，就决计到前方去。因为我军在这时早已占领郑州，而且和张发奎军会师了。当时我挟着无穷的欣喜，从巩县坐了押车赶到郑州去。

天气已是近暮，夕阳拼着最后的光明，映照着我们这一行时代浮浪者，大步跨入历史的军事中心。晚上，我去见孙氏，汪精卫、谭延闿、孙科、顾孟余、徐谦等，一批武汉政府的要人，都在座上。我坐了一会，向汪氏说："我们这方面的军官佐，对于党权问题都不了解，可否请汪先生有机会给我们解释解释！"汪氏说："刚才正和孙总指挥谈着，已经决定后天下午八时，在天主堂演讲。"我当时很快活，因为我们在眼前，就能领略这些所谓革命领袖的理论，坐了一会，我就兴辞先走了。

第二天，冯氏到郑州来，汪、谭、徐等都上车站去迎接。火车到了，他们就纷纷向头、二等车室内去找寻冯氏，但是始终不见冯氏的影踪，大家都狐疑了。忽然看到铁蓬车内，钻出一个大汉，军服褴褛地，扛着一把雨伞和一个军用水壶，招呼汪、徐等说：“我在这里，我在这里。”大家一看，原来就是冯氏，我站在这种有趣的故事前面，我真疑惑，我们或许是在这里看着卓别林的滑稽电影了。

这天，我和江风去见徐季龙，讯问关于武汉方面的情形。因为我们关闭在囚室的西北，外方的事情久远不清楚了。他告诉我们，说是武汉方面的工农运动过火了，同时，用确切的事实来证明过火的意义。他说：“那些缝工，每天只是开会，游行，喊口号，把针线抛掷到天外。我们要做一身西装，非得一个月不能成功。在从前，只要一礼拜就完工了。你们看看！这种情形，还不是过火么！”说到这里，用右手向左手的袖子奋力一拉。我听了之后，觉得武汉的工农运动的确过火了。因为革命，只要领袖们奔走着，就会成功的。国家大事，当然用不着臭缝工纷纷来过问！尤其使我觉得难过的，就是他们不应该将革命领袖的西装，延误到一个月之久，这真是多么岂有此理的事情啊！

过了一天，汪、孙、徐、谭等和唐生智都到天主堂讲演，听讲的是在郑国民军上尉以上的官佐。但是他们所讲的，没有一名讨论到党权问题，只是报告些军事和政治的情形。而且说的话，大半是不痛不痒的。我们在听后所得的感想，就是中国已经太平无事了。但是我们都惶惑了，茫然了。

第二天，于右任从后方赶来，于是乎历史的“郑州会议”，在全国群众惶惑之中，正式开幕。我们都为一种神秘的情绪所支配，期待着这个会议，给与中国政治的判决。会议非常严重而秘密。郑州中国银行的前门后户，都一重重关锁着，只有内中几个水平线上的人物，制作着中国未来的局面。

会议毕后，我在政治部见到于右任就问他：“事情怎么样？”他拈了一拈长须，目光炯炯地说：“我是预备请假到武汉去！”我于是完全明白了，回去以后，我就教寒禅等，开始办理结束。

在惶惑的情绪中，挨过了半月的光阴。时局总是向另一方面飞速的发展，天地的颜色改变了，中国的革命，已经流产了！我们这些近视眼者，翻身在这个发酵的酒缸中，茫然地不知道怎样来寻找出路了。我们还希望从天外飞来一个机会和原因，挽回这翻天的既倒狂澜，使我们梦想中的黄金楼台，重新实现；但是我们的眼前，终于完全是黑黑的。

不久，喧传冯氏到归德去督师，但是有一位电局的同志告诉我们，凡是打给冯氏的电报，电稿上写着送归德，实际上都是送到徐州去的，于是中国所谓国民革命的哑谜，我们完全猜着了。

我们翻翻我们的日记，试问我们过去所干的是什么革命？我们是在瞎闹，我们简直是在肉麻！我们这些机会主义者，只是攀龙附凤地去拥护几个不世出的英雄，希望他们来援救劳苦的群众。在当时，遍中国自命了解革命的人们，都老气横秋地在那边讲求实际，而所谓实际的意义，就是要革命者全部钻在灰堆里，研究着怎样去迁就一个英雄，美其名曰去“影响他”，“推动他”，所以我们为希望一个英雄来参加革命，而要求获得他的欢心时，我们极尽了迁就的能事，走入臣服的境界，甚至于愿意给他去倒洗痰盂。

这些英雄们，当他们在所谓蛟龙失水的时候，只要于他本身有利，本来什么主义，也会赞成的。譬如：他们要希望日本的援助时，就可以向万世一系的天皇，高呼陛下万岁！当革命高潮澎湃的时期，他们每天呼喊着革命，也不怕牙齿会因此发酸，于是群众和一切革命势力，就去拥护他，援助他，我们这些政治清客，更是天天喊破着喉咙，现尽了种种捧角的丑态；但是到了他们羽毛丰满，一飞冲天的时候，为维护自己眼前的政治利益，甚至于毁灭地球，也所甘心，群众的利益，他们早已抛入云霄去了。到那时，我们还想用革命的契约去拘束他们，然而他们的答复，却只是轻轻的一个呵欠。于是乎我们这批蠢蛋，就谷碌碌滚出十万八千里以外了。在过去，我们真是用打彩票的方法来革命，然而我们所买的彩票，却又是一张废纸，什么保障也没有的。这样难道就是所谓讲求实际么！

革命让本身最需要革命的群众来从头做起，自己来领导，来进行。至于那些政治的拐匪，只能醮着群众的血，签字在自己的银行支票上，或者在革命的旅队中，扒取群众的利益罢了。6月中旬，有一列火车，在深夜里驰过武胜关，向南方飞进。许多结束了“扛轿小史”的乘客，装满在车上。黄昏静了，天地是黑暗的，一切一切，都悄然沉寂无言。当然的，黄昏不仅仅是属于乘客所有，这是一个“时代的黄昏。”然而我相信，在这个黑暗的黄昏里，一定有许多人，正在摸索前进着，永远摸索前进着。梦儿不是从这时做起，梦儿却是从这时醒来的。

诗　词

赠樊宗岳[1]

之一

小住尘间能几春，荣枯得失漫劳神。
云来云去原无定，花落花开两不真。
鸡犬上天偏笑我，骷髅得气也骄人。
相期第一关心事，留取清清白白身。

之二

初入武林暑未消，惊传一叶过虹桥。
凉生板榻衾如水，秋涨砚池墨似潮。
身外浮名原淡淡，目中余子自寥寥。
栖迟我亦知非计，拟向长街吹铁箫。

① 樊宗岳，宣侠父中学时同学。

之三

才疏学浅愧称兄，涉世敢夸略较深。
竖子百千争得意，英雄十九本无名。
宁如出岫闲云懒，要记在山泉水清。
替好男儿留本色，相期毋负此生平。

之四

相逢契合自前缘，我辈原无处可怜。
都好快人行快事，一贫胡地又胡天。
疏林黄叶秋将暮，客馆青灯夜似年。
未备寒衣风渐紧，已拼拥被学高眠。

之五

几分寒意上西泠，败枝残荷满隔汀。
夜静饧箫惊客梦，秋深叶报到闲庭。
心宽似我病方少，眼俗由他死不青。
飘去飘来随地好，料应妒煞一江萍。

赠金一新[1]

之一

岁暮欲归却未归，逢君相对一歔欷。
人如寥落星难聚，我似飘残叶乱飞。
游鸟无心回旧树，秋风放胆上寒衣。
清宵试忆十年事，夜雨书窗梦都非。

之二

傲骨崚嶒枉自夸，频年飘泊似无家。
鸟能管得云双塔，萍尚占来水一涯。
觉我浮生真草草，凭他世界自花花。
几番欲向湖头醉，偏是酒楼酒不赊。

① 金一新，宣侠父小学时同学。

之 三

此心每与命相睽，飘泊海东又海西。
做到男儿便落落，本来夫子亦栖栖。
花方得意春先老，人要回头路已迷。
忽听几声楼外笛，不堪旧恨更重题。

之 四

客里逢君气不平，感伤身世是常情。
穷愁我亦大消瘦，散淡人多假撇清。
未死终无从解脱，来生原莫再聪明。
浑浑噩噩痴如石，到此荣枯才不惊。

焦 琴

归家后，乙乙不复愿为韵事。会以目疾，心躁殊甚，无以消遣，暝而成此，终懒修改，尚何工拙之计哉？国事如此，苍生涂炭，且尽空为男儿，不能杀贼以死，尚何贵于雕虫之技？栩青书来，以夙已相许，故以奉示，俾予一哂。芒父滞岳家四五日始来杭，故与前书事乃出入示。

重阳后八日　侠父

之一

焦琴断剑走西东，一笑归来百念空。
大半寒山皆褪绿，数多乱树不成红。
人同思睡昏昏样，秋在无言淡淡中。
正是随缘得住住，非关游鸟已惊弓。

之二

斜日虚窗睡起慵，低头寻思半惺忪。
禅心渐定一池水，尘梦初回数杵钟。
未信生公能点石，庶乎老子其犹龙。
雪鸿况是偶然事，不向残泥认旧踪。

之三

返日鲁戈未一挥，长歌先唱不如归。
秋光背客侵书架，黄叶瞒人款板扉。
残蝶斗风还着力，清蝉咽露未知机。
吾行吾素亦佳事，懒向蚩氓辨是非。

之四

满窗衰树望中疏，曾记髫年此读书。
约略秋山看梦后，无多诗稿定茶余。
一塘鹅鸭戏寒水，十里牛羊下夕墟。
风景依然人事改，几回搔首欲唏嘘。

之 五

窗明几净绝轻尘，喜是逍遥自在身。
未必鸥心闲似我，分明山色瘦于人。
行云流水无拘束，啼鸟落花漫认真。
忽报前溪红叶落，等闲一笑悟前因。

之 六

袖带五湖四海烟，十年一梦小游仙。
春无痕迹销烟外，诗有感怀成酒前。
枯叶随风原自在，飞花堕溷亦因缘。
我心已觉清如水，不向名山去问禅。

之 七

休论后果与前因，放眼静看自有春。
流水空山花入定，秋风红树叶归真。
春泥留爪皆缘法，明月在溪亦化身。
拟邀浮鸥来共住，机心不动是闲人。

之八

历劫余生气转平，居宜乡僻未宜城。
人无可语常枯坐，事不如心期晚成。
老树着花春亦瘦，新蕖出水浊能清。
倚楼有客忽长啸，抵得横空鹤一声。

和栩青韵[①]

别来消息断，人隔东西岸。
黄叶分秋色，与君各一半。

① 栩青，即寿栩青，宣侠父小学时同学。

独步湖上

独步伶仃过白堤，钟声引我到桥西。
疏林渐脱见山寺，野蓼乱生近水涯。
露重荒园花梦冷，风停野店酒旗低。
始知随处有佳境，管甚路迷路不迷。

题九畹楼主人美人赠剑图

蛾样新眉戟样须，一英雄与一名姝。
只因富贵中人俗，不画风尘三侠图。

和波影女士落花元韵七绝

之一

万树千枝满又空，本来播弄是春风。
书生岂管窗前事，一任残花狼藉红。

之二

更无余暇惜残花，一任风凄与雨斜。
我亦人间云一片，岂非飘泊在天涯。

之三

莫向空枝唱恼公，前身况记住瑶宫。
本来开落两般事，都在春风一笑中。

之四

漫天小雨自潸潸，啼断鹧鸪梦又阑。
留得春风缘一面，已甘长此隔蓬山。

之五

得失荣枯且莫论，销魂处我不销魂。
一般都是归真去，分甚沾茵与堕溷。

之六

凭他蝶倦与蜂稀，寿到美人事总非。
春色果然长得住，有谁花下肯依依。

之七

每从忙里度良晨，惊道枝头绿叶新。
一院残红休怨我，由来不做惜花人。

约栩青同醉湖头

侠父滞武林，其穷如虱；栩青滞武林，钻书学虫。惟虱与虫，同病乃相怜也。邂逅客途，黯然相对，正不知是笑好，还是哭好。未几，有同醉湖头之约，小友康侯，亦与其游。过湖心，上阮墩，出西泠桥，同哭小青墓。傍晚舍舟，烟锁隔岸矣。归而搜诗，适得五律，笔驰墨走，忘其为虱。然以示栩青，栩青读之，必将益为其虫也，呜乎！

十二月晦日，老友侠父。

之一

何时共觅酒家旗，收拾诗心上翠微。
沿岸乱山秋约略，隔湖衰树影依稀。
好同红叶十分醉，严檄孤云一处飞。
任是风寒禁不得，踏斜阳逐暮鸦归。

之二

载酒当风一叶轻，六桥秋事付闲评。
孤鸥乱搅晴霞碎，疏树淡描暮色清。
与物无争才洒脱，误人不少是聪明。
游鱼若有相亲意，客已忘机见莫惊。

之三

提壶放棹过堤东，世界花花一眼空。
秋在残阳痴霭外，人来疏树淡烟中。
寒山泻入酒杯瘦，霜叶烘开画本红。
长此湖头能共醉，区区莫再计穷通。

之四

双桨翻花落照余，西风归客两徐徐。
烟藏岸寺船梢冷，叶褪湖亭屋角虚。
寒水一弯秋去后，乱山十里雁来初。
何时尘债同勾尽，好掷儒冠读道书。

之五

放棹晴湖话曲衷，寻秋人在画图中。
沿堤病柳犹遮寺，隔水长桥欲架虹。
几笔残云写淡墨，一丝落照榻深红。
十年阔别且休问，讵可此杯不使空。

之六

上船同扑客衣尘，劫后相看恨转新。
假笑佯啼天下事，醉生梦死世间人。
领些暮霭补诗意，认片孤云作化身。
一事与君堪自诩，飘流不让隔洲苹。

西湖竹枝词

甲子[1]春，栩青征西湖竹枝词，予序云：“作贾营贩者，较锱论铢之不暇，西湖无分也；劳苦卖力者，邪许抹汗之不暇，西湖亦无分也；求官作吏者，蝇营狗钻之不暇，西湖更无分也。——然则西湖谁属？无已，归之穷措大。措大曳其敝履，蹒跚三竺六桥间，双唇翕动，若有所嚼，忽然力摇其头，似已挂六国金印，而同流者知其得句，则奔走相贺。其实此时措大心中，并无西湖，视其所作，又皆以西湖归之痴男痴女。呜乎，大好西湖，贾贩、苦力、官僚皆不要，以赠措大，措大又不要，以赠痴男痴女，西湖居然为痴男痴女得也，悲夫！”侠父。

之一

却少闲情逛六桥，邻娃莫笑负花朝。
依心自在孤山下，一任春风上柳条。

① 甲子：1924年。

之二

湖亭共坐话闲情，一事郎须记得清。
邻姊应知惯嚼舌，当渠唤妾莫卿卿。

之三

佳期相近去闲游，桥上逢郎意转羞。
再不轻饶同伴姊，说侬暗喜在心头。

之四

苏小坟前走不开，徘徊甚事只徘徊。
看郎追上南朝去，此后再休缠妾来。

之五

阿郎莫学假惺惺，似哭小青泪不禁。
当日护花人没个，坟前偏都解怜卿。

之六

同游堤外又山涯，一事忆郎性太乖。
强欲同行幽僻处，累侬湿透凤头鞋。

之七

三三五五去看花，一带长堤曲曲斜。
小妹见渠羞甚事，姊夫不是别人家。

之八

同沿葛岭过山隈，郎要西泠去一回。
远地忽来诸女伴，转弯且上初阳台。

之九

痴望红桃隔绿杨，偶然渠亦过堤旁。
邻家姊忽现微笑，知又疑侬窃看郎。

之 十

花前韵事数桩桩，并立桥头话满腔。

陡觉红云生两颊，水中人影已成双。

自粤归

之一

空随燕子向南飞，心事年来处处违。
湖海畸人原尔尔，烟云旧梦太非非。
萍因逐水身难寄，鹤为摩空力渐微。
重到武林成一笑，等闲还我昔时衣。

之二

曾掷儒冠学谈兵，何其重客武林城。
身同寒蝶未知倦，舟放秋湖不喜晴。
富便可求也淡淡，穷如只此亦平平。
一椽况好蔽风雨，底事欲行又懒行。

之 三

处世惟凭素所安，士师三黜也心甘。
燕归旧垒偏惊雨，蝉曳残声未怯寒。
向日春花偏放早，出山泉水欲清难。
随缘南北东西好，只作孤僧行脚看。

夕 阳

之 一

乌衣巷口景凄然，剩有深红上钓船。
塔影渐长徐渡水，村烟乱涨欲粘天。
空传城角数声笛，又了人间一日缘。
多少花前伤暮客，数来得意是鸣蝉。

之 二

渔火依微生隔湾，徐催暮色上柴关。
蝉藏近树声初乱，人逐寒鸦倦渐还。
残磬一槌红出寺，长烟十里冷依山。
常来常去两无意，痕迹不留天地间。

之三

认是秋枫叶叶新，塔前山外与湖滨。
归鸿近水还惊影，飞絮疑花欲乱真。
十九春衫回棹客，一双红袖倚楼人。
晴霞在树低徊久，衔岫无情又半轮。

之四

墟落人家尚放豚，休将前事溯清暾。
十分冷淡云归岫，一曲腻红水过门。
寒鸟惊钟知近寺，紫烟屯岸欲无村。
惟余错乱琅玕影，犹是当年旧照痕。

之五

好景从来不易留，黄昏虽近未须愁。
影长背水数行树，红占沿湖一带楼。
墙角以西先入暮，天涯对此怯逢秋。
等闲收过野桥去，短笛传风谁放牛。

拟疑雨集

青衫落拓，薄游虎林，衡门相对，忽逢一笑，我本恨人，讵能遣此。以是花前月下，夜阑酒后，耳鬓厮磨，几忘人间岁月矣。终以升斗促我别离，尺素常来，哀怨欲绝，正拟整装一行，以谋小聚。孰知消息喧传，春已有主，前度刘郎顿属路人，落拓如余，命也固穷。惟薄情如彼，能无介介，用赋十律，以当一哭。后之读者，怜我痴而笑我愚可也。

夏口　一笛生

之一

山海旧时盟遽寒，况当秋色正阑珊。
逢人酒后感伤易，觉我花前笑哭难。
夜月圆何堪独照，春池皱讵不相干。
书生愧未禁磨折，尺二腰围带又宽。

之 二

闲窗枨触怅何如，空记花红柳绿初。
眼角传情常撩我，眉梢蹙恨可怜渠。
生真潦草经春蝶，死尚缠绵隔月书。
天日明明堪共指，双星一誓竟全虚。

之 三

既系金铃又解铃，空将旧恨记西泠。
太难为别眉双蹙，未易忘情眼一青。
桥畔怀人偏负负，花间怜我假惺惺。
才知留枕偶然事，悔赋洛神试乞灵。

之 四

覆雨翻云转瞬中，银床槌碎恨何穷。
错疑蝴蝶双双暖，已揭葫芦个个空。
春短人间三月小，秋酣楼角一灯红。
迷离恍惚难追忆，不及分明雪印鸿。

之五

几回疑假复疑真，小别匆匆未十旬。
桃叶绿迷前渡客，杨花轻扑隔河人。
言犹在耳盟先背，书检从头墨尚新。
坎坷如吾何足恨，不应路柳错当春。

之六

尺布空劳密密缝，陡传消息恨重重。
僵蚕欲化身先缚，孤蝶惊寒力已慵。
死恐转移天下笑，生愁再在梦中逢。
秋蝉毕竟痴于我，尚抱枯枝不放松。

之七

明镜敢云辟百埃，只缘春色暗相催。
拈花佛尚微微笑，窥玉人曾数数来。
飞絮偏狂风不定，残泥暗落燕空回。
谁能遣此清宵坐，错感甄妃解爱才。

之八

夜静秋窗搅叶声，抛书人倦对青檠。
真难索解花翻覆，尚复何言蝶瘦生。
已悟情缘两字幻，由来恩怨一毛轻。
红尘我觉厌烦久，拟向名山深处行。

之九

汗漫游倦偶回车，才别伊人隔水涯。
鸟递寒声惊客梦，花移倩影入邻家。
凭他叶底双栖稳，悔我灯前一笑差。
却与情场留话柄，几回抚枕独悲嗟。

之十

思到穷时转莞然，休论炼石补情天。
寸丝不挂经秋柳，一息幸存历劫蝉。
鱼唼浮花闲罪过，泥沾飞絮错因缘。
悲欢已悟皆空幻，破钵芒鞋拟问禅。

赠孔蔼如医师

早入黉宫事六经，悬壶此日寄西泠。
奇书愧我未能读，凡草逢君尽效灵。
湖海浮沉双眼白，乾坤游戏一囊青。
先生可有清凉药，举世如今醉不醒。
蓬瀛寄迹记前因，来历长安小谪身。
两袖风尘萍眷属，一编纲目药君臣。
终难为力心先死，愿有以教骨患贫。
料得著书花拥笔，久闻着手便成春。

顺口溜[1]

手拿阳伞到相门，不得不已去敲门。
嚓啦嚓啦三几敲，家中无人来答应。
为何无人来答应，我的心中实烦闷。
叫声大姐快开门，我有言来说你听。

① 宣侠父9岁时作。

入眼乾坤涕泪中[1]

入眼乾坤涕泪中，登楼人欲问苍穹。
江南草长春犹瘦，河北烽明熄更红。

① 此诗1926年作于兰州。

自　题[1]

空留一爪志鸿泥，二十八年梦已迷，
此影是谁还是我，糊涂了也不需提。

① 1926年于兰州鸿泥沟摄影，在照片上自题诗。

赠张之道[①]

之一

神州遍地涨烽烟，莫只登楼意黯然。
惟有齐心来革命，一条生路在人前。

赴潼关前一日，为之道志弟书此。越东侠父于少华山麓。

之二

中华民族命何穷，都在铁蹄践踏中。
今日工农齐奋起，国民革命快成功。

国民革命，非工农群众参加无成功希望。愿之道志弟志。侠父。

① 张之道，陕西华县咸林中学学生。

之三

人民渐自梦中回，革命呼声惊似雷。
同志如今须记取，自由要用血争来。

革命须有牺牲，然后有代价，与道弟共勉之。十六年春侠父。

之四

右派诸人亦可怜，反俄反共自嚣然。
如斯也作胜利想，历史倒翻一万年。

右派分子见此诗，必愤而绝食矣。果如此，亦无量功德也。侠父于华州。

喜闻北伐军进入杭州[1]

义旗摇曳渡钱塘，远道闻讯喜欲狂。
三竺六桥齐报道，湖山此日已重光。

---

① 此诗作于 1927 年 2 月。

金村咸德小学校校歌

长山蜿蜒泄溪清，
绿杨荫里，
一片书声与歌声。
趁少年学习，
参加大革命，
这中间翻天覆地自有人。

五　泄[1]

我来倒挽五龙水，洗刷乾坤簇簇新。
山灵借我五龙水，渲染河水异样红。
大喝一声山欲动，五龙挟水下天来。

---

① 《五泄》作于1928年游五泄时，共有七首，因年代久远，诗已散佚。以上诗是寿栩青回忆中的几句。

赠寿栩青

马蹄争向春郊怒，
万声腾欢呼胜利，
展日红旗飘竖。
此何时，
汝亦来相聚。
眉扬亦，
气方吐。

有　感

铁甲兵舰集海边，近来消息已飞传。
英夷莫再做春梦，今日原非庚子年。

骡 车①

骡车辘辘自西东，牺牲重来总不空。
最后吾曹得胜利，红旗十万卷天风。

① 二期北伐，蒋冯合流。几百名共产党人被“礼送”出郑州，宣侠父写诗以发愤懑。

潇 然[1]

潇然幞被去难留，春梦如烟一笔勾。
雷劈函关真易易，云遮华岳也羞羞。
心切距秦足可稳，志在沼吴愿已休。
击碎唾壶空愤愤，金陵王气未曾收。

① 1927 年冯和蒋大战在即，离冯时作。

赠金婉琳[①]

十六年秋，自豫入鄂，逢梦莲、一新，忽动乡思。遂与一新言归。清风两袖，还我故服。念频年奔走，风尘艰苦，遍尝家室之念。初无所动，适逢琳妹，遂定婚约，其为堕落欤？不可不问也。

十七年夏历二月二十日，侠父于金村。

云挟氤氲上砚池，挥毫温赋定情诗。
一窗明月双人影，两笔远山八字看。
鸟辞长林知日暖，花骄上苑已春迟。
恍然如梦难追忆，十五年前相见时。
耳鬓撕磨近一季，东风融泄杏花天。
鸳鸯四六昏如海，蝴蝶一双梦亦仙。
水逐浮萍成眷属，鸦随雏凤自因缘。
登楼且莫愁杨柳，我于封侯意淡然。

① 金婉琳，后改名金铃，宣侠父夫人。

赠马忏壬

闲居惟爱猎鸟，然枪声既作，多见鸟惊而逸也，朋辈每以赛神相嘲。盖赛神，例用铳，即以枪喻铳意耳。虽然，是岂徒然哉？故有是作。忏壬弟正之。侠。

鹭伏凫行停绿阴，轰然动地一枪声。
纵教博浪椎空击，也使鸱鸮大吃惊。
黄雀啁啾趁好晴，绿杨深处一声声。
安排机括正相待，且莫临风得意鸣。

京江杂咏

之五

小寓京口，与德法[1]邻。阔别故人，垂垂五年矣。客地相逢，益觉囱窗，剪烛之为欢也。岁月易失，春光老去，同步晴郊，已是绿叶成荫，不无怆然尔。

夕阳桅影当门斜，行过桥南卖菜家。
流水无声春去也，隔墙红闹石榴花。

之六

十年以来，内乱如麻，各飞羽檄以相巷骂。是非黑白，天实知之。然疆场之间，兵死于火，民亡于饥，长此以往，吾将见神州之尽为孤儿寡妇也。悲夫！

① 德法，即陈德法，宣侠父在黄埔军校时同学。

烽火频年民未苏，又传争郑与沼吴。
问谁欲作避秦客，净土人间一尺无。

之七

落魄三吴，贫而至于无袜，旧友每以为吊然。求仁得仁，古不以为怨。我欲送穷亦犹如人，唯念蹈海鲁连，不敢愧古人耳。端阳前二日。

杨花飞尽一城春，自向南郊踏绿茵。
却喜须眉临水照，依然未是帝秦人。

之八

庚午年五月三日，风和日好，晴窗展纸，无可书也，录此为德法吾弟障壁。诗意似有秀才，忧天下之风怀。其实皆属无病呻吟，余但知有米桶而已。

诸山日落莽苍苍，金粉南朝事渺茫。
何必重提吴霸业，如今群盗尽称王。

赠陈更生[1]

十八年别更生，余遨游大河南北，今复见于清江，一足跛矣！生逢乱世，苟延性命之不易也。侠父于清江浦。

金戈铁马黯神州，函谷关前记旧游。
往事重提同一慨，书窗六月冷如秋。

① 陈更生，宣侠父在1927年初相识。

赠高兰溪[1]

重整旧河山，男儿万万儿。
广大战场中，异军看崛起。
奇师出代幽，义旗指辽蓟。
攻敌于不备，出敌于不意。
如虎常闻声，似龙不见尾。
使敌疲奔波，辟易百千里。
胜报频相传，料君闻亦喜。

① 高兰溪，宣侠父在1927年初相识。原名高芳塘，宣侠父改其名为高兰溪。

赠王崇仁

手持大刀肩挎枪，战斗英雄少年郎。
冲锋陷阵胜常获，子弹三颗到沈阳。

哭吉鸿昌

面对敌枪弹，屹然如泰山，
以死报国家，名垂宇宙间。

吉帅真英勇[1]

吉帅真英勇，冲锋先士卒。
一身都是胆，有党却无吾。

① 此诗1934年作于天津。

苦战杀敌察热边[①]

南北唱合已三年，苦战杀敌察热边。
诗作清发思小谢，愚兄应让着先鞭。

① 此诗 1935 年作于南宁。

邑江花月夜[1]

邑江花月夜，共论杜诗篇。
企望鸡鸣晓，红遍阴郁天。

① 此诗 1935 年作于南宁。

词

二十六年春已垂垂去矣，重游长安，屈指十载，往事如梦如烟，重逢知道更不禁感慨系之也。侠父于西京图书馆。

客梦空如许。
笑频年，
买剑秦陇，
倚篷吴楚，
褴褛人间。
天亦小，
枯寐惟君可语。

赠史轮[1]

终南岚色郁葱葱，争向茂陵纪武功。
峦气朝笼残垒白，陌花春傍古坟红。
时危更觉河山好，世乱浸悲道路穷。
借问谁非霍去病，只缘剑匣尚空空。

① 史轮，西北战地服务团记者。

健如奔马拙如牛[①]

健如奔马拙如牛，奋斗廿年未得休。
顾影不禁心忐忑，居然老气已横秋。

① 此诗 1938 年夏作于西安。